U0036341

魔豆

魔豆

香草／著

目錄

登場人物介紹

利馬．安多克
第三分隊隊長，平民出身。大剌剌的個性，看起來總是一副隨性的模樣。平時最喜歡作弄西維亞、亂揉她的頭髮。

西維亞．菲利克斯
菲利克斯帝國四公主。有著遺傳自母親的美貌，卻散發一股劍士的凜然氣質。擁有特異的直覺與女神賜予的誕生禮……

多提亞．帝多
帝多家族次子，皇家騎士團第二分隊隊長。散發知性優雅的氣質，溫和而穩重。腹黑屬性，笑容的燦爛度往往與心情成反比。

伊里亞德・諾林
「創神」傭兵團的團長。
個性像貓科動物般，是個渾身散發著神祕氣息的頂級美男。稱呼西維亞為「小貓咪」，似乎特別喜歡逗弄她……
卡萊爾
叛亂組織的首領，他的出身似乎與西維亞公主頗有淵源……
是個溫柔和藹、好相處的人，笑容帶著點孩子氣，最大的嗜好就是在路上胡亂撿同伴。
夏爾
年齡僅14歲的可愛少年，妮娜魔法店的學徒。神經大條，行動總是慌慌張張又經常闖禍，標準的衰運纏身冒失鬼一名。

楔子

位於奴布爾邊境東面的一座小鎮，此時正處於鳶尾花盛開的季節。美不勝收的紫色花田上，坐著一名擁有棕色髮絲以及金棕色眼瞳的年輕人。青年那雙溫潤如蜜的眼眸觸及遍地隨風搖曳的花兒時，不單沒有一般旅客的欣賞與愉悅，反倒閃過一絲微不可見的銳利，彷彿眼前所見的並不是美麗的紫色鳶尾，而是足以威脅自己的強大敵人。

「在想什麼？」女性的嗓音從青年身後響起，那是一名頭髮削得很短、遠看會被誤認爲男性的紅髮女子。

坐在草地上的青年並沒有聞聲而起，只是以坐著的姿勢，雙手撐在地上，頭部後仰，向身後的少女露出孩子氣的笑容，道：「嗨！奈娜。」

這名無論髮型與衣著都有點男性化的女子，舉止也猶如男子般瀟脫，可是熟悉奈娜的人都知道，在女子大剌剌的外表背後，卻有著一顆傷痕累累的心。也正因爲想要武裝自己，因此奈娜總是表現得很強硬，在同伴之間有著令人敬畏的聲望，是個大姊大的角色。

只見奈娜很率性地坐在青年身旁，視線從對方臉上孩子氣的笑容，轉至漫山遍野的鳶尾花上，道：「卡萊爾，難得看到你在休息期間眼神仍充滿敵意。是因爲這些花朵，讓你想起了那個帝多家的長子吧？」

卡萊爾瞇起一雙蜜色雙眸，有點無奈地抿了抿嘴，道：「沒辦法，在菲利克斯帝國中只要一提到鳶尾花，任何人都會立即聯想到那個以此作爲家徽的帝多家族吧？」

站在奈娜身旁，一直默不作聲的諾曼冷冷說道：「自從那個名叫卡利安的男人全權接收了二殿下的軍隊以後，我方只能節節敗退。這人狡詐如狐、凶狠如狼，好幾處根據地也是因他而敗露。幸好情報來得準確，同伴們及時撤退，這才沒有人失陷在內。」

卡萊爾有點苦澀地嘆了口氣，道：「也多虧父親大人的幫忙，其實這種危險的事，我並不想讓家族牽涉其中。」

就在此時，一頭雄壯的獵鷹從天而降，卡萊爾伸出右臂，訓練有素的獵鷹隨即穩穩落在青年的臂彎上，收翼停佇。

拆下束綁於獵鷹腳上的信函，青年的視線在閱讀信件內容後，目光頓時變得凝重起來。奈娜與諾曼對望了一眼，心頭不禁生起不祥之兆。

「是來自王都的消息嗎？」奈娜擔憂地詢問。

「是父親大人的親筆信函。」揚揚手臂，任由獵鷹飛回天空，卡萊爾也沒有隱瞞同伴的意思，遞過手上的信件道：「四殿下被捕了。」

二人接過這封以暗號編寫的信函，內容大約是卡利安領軍討伐獸族，以及四殿下西維亞．菲利克斯被捕的過程。

魔武雙修、身爲火屬性魔劍士的奈娜一如以往，在卡萊爾的示意下，放出魔焰，把信件燒爲灰燼，完美地毀屍滅跡。「卡萊爾，你打算怎麼辦？」

對於女子的問題，卡萊爾回答得毫不猶豫。「西維亞殿下是我們家族的恩人，當年若不是得到她的幫助，只怕我也無法活到現在。父親大人對我成爲組織首領一事睜隻眼閉隻眼，甚至願意提供某種程度的幫助，相信也是懷著萬一四殿下出事，我也能幫忙的想法。」

青年拍拍身上的草屑站起身來，嘴角勾起了溫暖的笑意，道：「然而，拯救西維亞殿下是我們查理斯家族的私事，與組織無關，這次大家就不要來湊熱鬧了。」

奈娜也隨著青年的動作而霍地站了起來，那種毫不理會沾在身上的草屑以及泥土的舉動，比身爲男性的卡萊爾顯得更不拘小節。「這件事的確與組織無關，可是卻與卡萊爾你有著切身關聯，對吧？無論如何，你都會去救那個四公主，不是嗎？」

面對女子的質問，卡萊爾並沒有露出訝異的神情，似乎早就料到對方會這麼說。他只是爲難地皺起了眉，道：「這次軍隊中不單有阿瑟這名皇家騎士團第四分隊隊長，領軍的人更是帝多家族的長子——卡利安·帝多伯爵。你們應該明白這代表著什麼，王城中的那一位對於押送四殿下一事，絕對是志在必得，這次的事情實在太危險……」

「就是因爲危險，我們才想要幫忙。」青年的話仍未說完，便被奈娜打斷。

至於一向沉默寡言的諾曼，雖然沒說話，可是堅定不移的眼神卻充分表達出共

進退的決心。

面對毫不退讓的二人，身爲組織首領的卡萊爾最終還是只能敗下陣來。

「眞是的……這可是拚上性命的事情啊！怎麼還會有人爭著同行？」

聽到卡萊爾小聲地抱怨，奈娜不禁放聲大笑，還很豪邁地邊笑邊拍青年的肩膀，令卡萊爾的表情益發無奈。「只怕不止我們，主動要求同行的還大有人在。所以我就說你別經常在街上把人撿回來啊！既然決定要養，便要有被糾纏的覺悟。」

青年不禁羞赧道：「你們又不是小貓、小狗……」

看到一向穩重溫和的卡萊爾難得露出一臉被打敗、屬於他這個年紀的年輕人所應有的神情，諾曼臉上的表情依舊冰冷得看不出情緒，可是那雙銀色雙眸，卻流露出一絲微不可見的暖意。

正如奈娜所說，諾曼絕對可以預想得到，當同伴們知悉卡萊爾決定冒險拯救四殿下一事後，死賴活賴地吵著要一同前往的人，必定不會只有他們二人。

如同卡萊爾的家族把忠誠獻給四殿下般，他們也把青年視爲效忠的對象。雖然卡萊爾從未以上位者自居，而他們也不曾把這個埋藏於內心的誓言說出口，可是在青年向他們伸出手的那天起，眾人早已決定把性命交至對方手裡。現在卡萊爾正需要他們的力量，他們又怎會願意獨善其身，任由青年孤身一人犯險？

無論問誰，答案都可想而知——當然就是不理會首領大人的抗議，死纏著要跟過去囉。

ch.1

安全脫險

押送著我與多提亞的大軍，浩浩蕩蕩地離開了獸族的領地，從高處遠看，就像一行長長的螞蟻軍團，井然有序地向王城進發。

雖然自小便與卡利安不對盤，可是不得不承認這個男人眞的是名領軍天才，而且劍術不弱。雖然他一向喜歡留守在後方策劃，絕少至前線活動，可是若因此小看他的個人實力，最終必定會吃大虧！

俗語說得好，咬人的狗都是不吠的！

即使身爲戴罪之身，可是我的身分依舊是帝國的四公主，在王室沒有下判決、決定怎樣處置我以前，卡利安還是不敢太踰矩。即使只是做做樣子，但對我的禮節及尊重仍不會少。

拜此所賜，我不單不用銬上手銬，甚至還有豪華馬車可坐。在行程中，「嬌弱」的我更是三天一小病、七天一大病，把眾人前進的速度拖慢得無以復加。

說起來，行軍中竟備有豪華馬車，這傢伙根本就是算準我會因顧忌獸族而投降嘛！因此這輛馬車雖然很舒適，可是我看著看著卻總是覺得很不爽。

隨著我的「病情」愈來愈嚴重，卡利安派來監視我的士兵人數也相對地變得愈來愈多。顯然這個聰明的敵人已經看出這些都是我在故意拖延行程的策略。

可是知道又如何？還不是要被我牽著鼻子走？哼！

「殿下，請出來用餐。」數聲禮貌的敲門聲傳來，一星期下來，以「身體抱恙」作藉口而拖延行程的我，絕大部分的時間都只能悶在馬車裡，也只有這時才能外出喘口氣。

硬是壓下迫不及待的心情，我緩慢又優雅地推開馬車車門，看到守在火光前的人時，不禁訝異地眨了眨眼。

只見一向不與部下們一起進餐的卡利安與阿瑟，首次在吃飯時間出現，並露出一副等我出現的架勢。

唔……這一餐似乎會是場鴻門宴呢！

裝作看不見二人，我逕自取過銀盤上的餐點，斯文有禮地吃起來。其實銀盤上的食物說穿了也只是些烤肉與乾糧，只是看起來比士兵所吃的乾淨精緻；而烤肉則已事先切成一口大小。這些食物顯然只是靠銀盤來唬人，讓它看起來稍微高級些。

不要說是王族公主，即使是尋常貴族看到這些餐點，也必定會大發雷霆。可是

我卻自始至終都沒有太在意。混進傭兵團期間，再差的東西也吃過，這兒至少還有肉，而且食物也算乾淨，還有什麼好挑剔的？

自顧自地吃著乾糧，卡利安果然按捺不住，領著身旁的阿瑟便往我這邊走來。我取出手帕抹了抹嘴角，這才保持公主儀態地詢問二人：「有事嗎？伯爵閣下。」

一臉高傲地向我行了禮後，卡利安冷冷說道：「殿下的身體已經無礙了吧？若以正常的速度前進，還有三天的路程便能到達城鎮，到時殿下也能好好地休息，因此……」

我苦惱地皺起眉，內心卻在看到青年額上浮起的青筋時暗笑不已，道：「風寒是痊癒了沒錯，可是若要加快馬車速度，我會頭暈耶！」

卡利安皺起眉道：「殿下自稱是無辜被害，既然如此，那就請您忍耐一下。早一點到達王城，殿下也能早一點沉冤得雪，不是嗎？何況殿下自小學習劍術，體質應該比尋常的貴族子弟更爲強壯才對。」

我委屈地輕垂眼簾，道：「可是我就是會頭暈嘛！何況就是因爲體弱多病，我才學習劍術，想要強身健體的啊！」

「這……」饒是機智如卡利安，一時之間也找不到反駁的話。

內心不禁暗暗地得意了一下，我的「病情」大家都心知肚明，絕對是裝的！可是知道又如何？畢竟身體狀況這種東西可是我自己說了算。

看到他們明知道眞相，卻又不得不妥協的樣子，我的心情不知不覺便好了起來。這可是身爲被押送的罪犯的我，在軍隊中唯一的樂趣。

阿瑟默默地看了我一眼，這個男人的眼神總是冰冷並且不帶一絲情感，令人感到很不舒服。有時候會令我產生一種錯覺，相較於柏納等人，阿瑟這個擁有野獸瞳孔般的男人，才是眞正的獸族。

被如此冰冷的目光注視，雖然那眼神不帶絲毫殺氣，可我仍感到不安。這種純粹的冰冷無情實在可怕，我寧可遇上的是帶有殺意的敵人，至少他們的喜怒是明確的。

卡利安伸出手指推了推架在鼻梁上的鏡框，鏡片瞬間造成的反光，令我看不清對方說著這番話時的眼神。「請四殿下別忘記，我們必須禮遇身爲王族的您，卻不代表多提亞騎士長也能擁有與殿下相同的待遇。殿下愈是拖延時間，您的同伴所吃的苦只會更多。」

「你！」瞬間我只聽到那條名爲「理智」的線啪地一聲斷掉了，卻在看到那個在二人背後浮現的淡淡身影時，硬是將想要揮出拳頭的動作停了下來。

只見站在不遠處的精靈少年，依舊是一臉無趣的木然神情，嘴巴一張一闔地無聲向我訴說三個字以後，少年全身便浮現出淡淡的珍珠色光芒，在別人察覺以前再度隱去身影，整個人淡化於空氣之中。

克里斯特地現身，就只是爲了向我說出三個字。

「他沒事。」

激動的情緒頓時平復下來。

確實，只要細心一想就知道，多提亞根本就沒有犯下任何罪名，只是因爲我的關係才被抓起來而已。我這名兒時玩伴既是貴族子弟，同時又擁有皇家騎士長的身分，卡利安若想要公報私仇，也必須找個很完美的藉口。

最重要的是，克里斯還潛伏在軍隊附近，他是不會眼睜睜看著多提亞遇害而不予理會的。可見卡利安這番話只是想要激怒我，又或是讓我有所顧忌，絕對是恐嚇的成分居多。

放下拳頭，我不禁責怪自己關心則亂，竟然連這麼明顯的事也想不到，需要克里斯冒險現身來提醒我。暗暗責怪自己的同時，我也反省著下次打人時記得要用巴掌，這件事妮可罵過我很多次了，堂堂一個公主揮拳打臉成何體統！

果然因爲扮男生太久了，加上沒有妮可在身邊約束著，那些禮教與儀態都不自覺地被我踢到了天邊。

要反省、反省啊……

看到我暴怒著站起身來，卻又斯斯文文地坐了回去，故意激怒我的卡利安那雙與多提亞酷似的祖母綠眼眸，浮現出驚異的神色，顯然我的反應大大出乎對方的意料之外。

難得看到這頭瘋犬如此驚訝的表情，我不禁小小地得意一番。

就在我觀察著眼前青年難得的狼狽神情時，平靜的森林異變突生。

「倏倏」數聲，樹上忽然射出一輪箭矢。卡利安俐落地翻身躍後，射向他的數箭全數落空，箭頭深深釘在青年先前站的位置。

阿瑟就更厲害了。這個男人的手似乎從來不會距離腰間佩劍太遠，而且時時刻刻都保持著備戰狀態。因此突襲發生時，也只有他能即時做出反擊，拔出長劍把射向自己的箭矢盡數撥開。

可是其他士兵就沒那麼好運了，一輪箭雨下來，四周士兵死的死、傷的傷，不得不說偷襲者的箭法實在是一等一地好。

攻擊出現時，我動也沒動，倒不是嚇得呆掉了，而是因爲這些箭矢沒有任何一支是射向我的，亂動反而危險。

可是不動並不代表我什麼也沒做，看似呆呆站立著的我，其實早就在攻擊出現的瞬間放出小銀燕，即刻便掌握了四周的狀況。

於樹蔭的枝椏間，我看到了熟悉的面孔。

淡棕的髮色泛著一層美麗的金光，那雙溫潤的蜜色眼瞳浮現出難得的嚴肅與專注。卡萊爾此刻正藏身於樹木粗大的枝幹後，手握弓箭，進行著毫不留情的射擊。

在四周大樹的枝椏上，還藏著百多名弓箭手。其中有些人有點面善，卻是我之前利用小海燕潛入廢屋地下室時，所見過的叛亂組織成員，印象較爲深刻的奈娜與諾曼也在其中。

不枉費我向卡利安投降時，特地要求利馬與夏爾四處散布我被捕的消息。雖然我實在想不起自己曾對卡萊爾施過什麼恩惠，也猜不出青年到底來自哪個家族，可是他的忠誠並沒有讓我失望。

叛亂組織所發動的救援行動無論成功與否，從此刻起，卡萊爾已獲得了我的全心信任。

以我的估計，無論怎樣以生病爲藉口來拖延時間，他們的營救也應該會在我們踏出森林以後，想不到這個民間組織的行動力比我預期中還要好。另外，負責散播消息的利馬與夏爾似乎也表現得不錯，重逢以後還是好好稱讚一下他們吧！

視線隨著銀燕在空中的盤旋而移動著，遠遠地，我看見兩個混在人群裡的熟悉身影……

「那兩個混蛋！」

忽然爆出的罵語，讓卡利安滿臉震驚地睜大雙目，想把呆站著的我拉至掩護物後的動作也猛然一僵，整個表情蠢得不能再蠢。

沒有心情去欣賞男子臉上難得一見的表情，我驅使著小海燕飛近那一大一小兩人。剛才所見果然不是我的錯覺，那混在叛亂組織裡的身影，正是我要求他們在散布我被捕的消息之後，便趕至南方與妮可會合的利馬與夏爾！

我不禁自我厭惡地雙手摀住臉，期待這兩個惹禍精老老實實辦事的自己，還眞是個白痴。

「喂喂！那個公主該不會是嚇得哭了起來吧？」耳畔傳來嘲諷的聲音，銀燕不著痕跡地降落在小樹枝上，說話的人正是一名躲在利馬附近的弓箭手。

「絕對是嚇哭了吧？你沒看見她剛才嚇得跑不動了嗎？」另一名組織成員閒閒地回了一句，話語裡頭的鄙視意味很明顯。

看來這些加入組織的人，或多或少也對王族有著怨恨與偏見，之所以願意參與這次行動，應該都是看在卡萊爾的面子上吧？

另一旁的夏爾卻是驚恐地縮著縮身子，低聲對利馬說道：「可是無論我怎麼看，現在摀住臉的小維都正在散發著殺氣啊！她必定是發現我們了！都是利馬不好，我就說應該聽小維的話，散布謠言以後便前往南方與妮可會合的！」

利馬大剌剌地哈哈一笑，射著箭矢的手竟然還抽空拍了拍少年的肩膀，並且用很有經驗的語氣說道：「放心吧！小維生起氣來雖然很凶，可是頂多只會把我們打個半死而已，死不掉的啦！」

騎士長那不知是恐嚇還是安慰的話一出口，少年立即掩耳盜鈴般地摀住耳朵，道：「嗚……利馬你不要再說了！」

放心吧夏爾，我現在比較想先掐死利馬，再宰掉卡利安，暫時還沒有空來對付你啦！

摀住臉的手被人猛然拉開，不得不說卡利安不愧是優秀的將領，雖然被我那反常的舉動驚嚇到，但馬上便回過神來。「還呆在這兒幹什麼？妳想死嗎！？」

基本上那些人是不會把箭瞄準我的，與你一起行動才是眞的危險，而且……

「伯爵大人你自己逃不就可以了？我又沒說要你救我。」正好我可以趁著這個機會逃走，然後把混在組織裡的利馬暴打一頓。

拉著我奔跑的男子冷冷說道：「撇下公主獨自逃走，即使殿下是戴罪之身，也會對我的聲望有不良影響。」

……就知道他會這麼說。

從小海燕居高臨下的視線中，我看見在帳篷內休息的士兵遲遲沒有被戰鬥聲響驚醒，也不知是早就被幹掉了還是被下了藥。然而，在外的士兵人數仍舊不少，此刻則全都回過神來，拿起了武器開始反擊。雖然叛亂組織的人佔著先機，也佔了地形上的優勢，然而人數實在相差太遠，若我此時不把握時機逃走，只怕再過一會兒便逃不掉了。

假裝溫順地讓卡利安拉著跑，卻在路過一名士兵的屍體時忽然發難，用力掙開對方的手，並且壓低身體向旁邊掠去，當我拉開了彼此的距離時，屍體旁的劍已轉至我的手上。

其實最妥當的方法，是驅使銀燕把對方弄暈。然而此刻我急須了解士兵分布的位置，因此小海燕必須維持在高處才行，最後只好退而求其次，趁對方不備時使用武力逃走。

「克里斯，你去幫多提亞吧！」感受到身後的體溫，我沒有回頭察看，只是小聲地交代了一下。

多提亞與我不同，以卡利安的性格，必會限制他的自由。在這種混亂的狀況下，不要說是逃走了，就連自保都無法做到。

然而少年並沒有離開，仍舊一言不發地站在我身後。若我此刻轉回頭的話，大概會看到那長相漂亮的銀髮精靈默默搖頭的樣子吧？

我當然明白身爲精靈族的「白色使者」——克里斯，之所以願意無條件地提供幫助，是因爲我體內流著精靈族的血；可是與我相比，多提亞更需要少年的幫忙。看到克里斯不爲所動，我不禁焦急起來，「我能應付的，拜託你！」

感受到背後傳來的視線，不知道克里斯那麼專注地盯著我看，到底是在思考什麼？不過很快地，少年清冷的嗓音便從身後淡淡傳來：「與魔族大戰時也曾發生過同樣的事，被別人如此託付已是第二次了。殿下您……與陛下真的很像。」

突然感到束於禮服腰間的絲帶一沉，身後的精靈不知把什麼東西藏在絲帶裡，隨即身後的溫暖便悄然離去。

看克里斯總算被我說服，我放下心頭大石地吁了口氣，把全副精神放在對面的敵人身上。

在我與隱身的克里斯對話（於旁人眼中活像正在發呆）之際，卡利安並沒有乘機攻擊。我不知道他爲什麼忽然變得那麼有騎士精神，也許是認爲在軍隊的包圍下，我是插翅難飛吧？

有銀燕的幫忙，士兵分布的狀況一目了然。卡萊爾的同伴合作以箭矢把趕來的士兵迫退在一塊兒，形成了一條足以讓我突圍的路線。看準包圍網缺口的我揮劍逼退卡利安後，便轉身迎上前來接應的組織成員。

雖然此刻我穿著繁重的禮服以及三吋高跟鞋，逃跑速度還不及平常的十分之一，但現在也只能盡人事、聽天命，只求前來接應我的人速度夠快了。

此時，一直隱忍著沒有動作的夏爾也出手了，幾顆火焰球轟了下來，頓時打亂士兵們的部署。

「是魔法！敵方有魔法師！」

魔法師在學習的過程中須消耗魔晶、砸錢無數，且要成爲魔法師不單需要卓越的天賦，機遇與好運也缺一不可。雖說菲利克斯是個崇尚劍與魔法的國家，可是相較於隨處可見的劍士，需要大筆資金與心血栽培的魔法師更珍貴稀有得多。

因此，每一名能使出大範圍殺傷力魔法的魔法師，都是彌足珍貴的；而他們在戰場上更能發揮出驚人的影響力。

面對突如其來的魔法攻擊，阿瑟臨危不亂地下令：「別慌亂！保持隊形散開！」也許是由於男子長久下來的積威，又或許是淡漠卻冷靜的語調感染了四周的士兵，本被打得手足無措的士兵聞言立即分成小隊四散開來，害我想乘亂逃走的希望頓時落空。

即使大家都把箭矢集中射向卡利安，好讓我逃走，然而身後的男子卻是頑強地用劍把箭雨撥開，一邊鍥而不捨地追上來。

沒聽過死纏爛打的男人會讓女生討厭嗎？可惡！

不過，箭矢的攻擊還是有效地減慢了卡利安的前進速度。若沒有這層阻擾，穿著禮服、高跟鞋的我不出三秒便會被抓回去了。

即使如此，我們的距離仍以肉眼可見的速度迅速拉近。就在我停下腳步轉身，決定無視行動不便的禮服，想舉劍反擊之際，接應我的人終於有驚無險地趕到了。

是卡萊爾！

竟然讓叛亂組織的首領親自前來迎接，我這個公主還眞是有面子啊。

隨同卡萊爾前來的還有諾曼與奈娜，三人立即對上了因窮追不捨而落單的卡利安。看到男子惱怒的神情，我不禁愉悅地翹起了嘴角，總算在最後關頭想起應該要保持公主的儀態，這才沒有瘋狂大笑出聲。

不是說女追男隔層紗，男追女隔重山嗎？想追我，先爬過這層山再說吧！

「是妳！」看清我的相貌後，卡萊爾低聲地驚呼了一聲，顯然已認出眼前的四殿下，正是那名他曾想要招攬的小丫頭。

卡萊爾把右手貼在胸前，向我彎腰行了一禮，態度恭敬地說道：「四殿下不須驚恐，我是卡萊爾．查理斯。請放心，我們是來幫助您的。」

難怪卡萊爾總說我對他的家族有恩，直至聽到他說出自己的姓氏時，我才明白過來。謎底總算解開了，原來卡萊爾正是出身於那個叱吒風雲的商場家族——查理斯家族！

隨即青年更做出了令我始料不及的舉動，卡萊爾他……竟然抽走了我手中的長劍！

「我們會負責保護您的安全，這把長劍還是請四殿下放下吧，以免誤傷了自己。」卡萊爾很體貼地說道。

他還眞的把我想像成弱不禁風的嬌弱公主啊……

看到這一幕，卡利安「哈」地一聲笑了出來，卻因爲瞬間的分神，被諾曼看準時機，打飛了手中的劍，頓時，幸災樂禍的人立即換成了我。

「卡利安大人！」看到上司被敵人箝制，阿瑟一時間投鼠忌器地不敢妄動。

漫天箭雨悄然停止，叛亂組織的成員在樹蔭的掩護下開始退離戰場。待同伴離開後，挾持著卡利安這個護身符的我們，這才謹愼地緩緩後退。阿瑟的表情雖然充滿屈辱與焦慮，卻下令士兵不許再追擊。

「四殿下，這次是妳勝利了，我們允諾不再追擊，只要殿下答應我們，會完好無缺地釋放卡利安大人離開。」

我有點訝異地反問：「你就那麼相信我的承諾嗎？」老實說，卡利安的確是個很難纏的敵人，加上十多年累積下來的新仇舊恨，我對他絕對是殺之而後快的；而且所謂的承諾也只是口頭上說說，根本沒有任何約束力，他們就不怕我現在先答應

下來，待安全以後再殺掉卡利安？

「我相信。」阿瑟依舊是那副冰冷無比的神情，可是從他對卡利安的忠誠可以看出，這名男子是個外冷內熱的人，他的內心並不如外表般冷酷無情。「即使是公正嚴明的大公主殿下，我們也無法完全相信她說的話。可是只有四殿下，您的善良獲得了我們的信任，只要您允諾釋放卡利安大人，我們便立即退兵。」

「……怎麼這段話聽起來不像是在讚美我？」反而比較像在諷刺我素來做人太傻、太天眞、性格缺乏攻擊性。

算了！現在的第一要務，便是先度過這個難關，撤退至安全處。只要阿瑟願意相信我而下令退兵，一切就好辦了。

反正正如阿瑟所料，我並沒有過河拆橋的想法，既然如此，倒不如做得轟轟烈烈，在取信對方的同時，順道保護一下自己……

我以很認眞的神情鄭重允諾，道：「我西維亞·菲利克斯，懇求月之女神克洛莉絲作見證，以王族血脈的榮耀起誓：『我將與卡利安·帝多的生命連結在一起，直至對方安全返回軍隊爲止。』」

「妳竟然使用誓約印記！而且盟約的內容……」卡利安睜大雙目，顯然很驚訝我會露這一手。

我微微一笑，並沒否認那點自保的小心思，道：「很公平的條件，不是嗎？」

卡利安抿起嘴。良久，這才認命似地嘆息道：「我同意。」

男子的話語才剛說罷，我與卡利安的左手手背，同時浮現出一個新月型的銀色印記，這正是月之女神克洛莉絲承認了誓約的證明。

有了這個月神印記，在誓約完成以前，我與卡利安的性命已經牢牢連結在一起。阿瑟見狀，也只能無奈地讓出一條道路，任由我們挾持著卡利安離去。

ch.2 空間之門

叛亂組織顯然有一套獨特的聯繫方法，只見以卡萊爾爲首，遠遠落後於眾人的我們，東拐西轉地前進著，過程中竟是沒有絲毫猶豫。

「先休息一會兒吧！」

跑了一會兒，看到我幾乎快走不動了，卡萊爾很體貼地提出暫時歇息的建議。奈娜雖然沒說什麼，可是雙眼卻明顯透露出不耐煩的神色。我雖然對此有點不爽，可是因爲自己的緣故而拖累大家，卻是鐵一般的事實，因此她要對我不滿，就任由她吧……

該死的高跟鞋與禮服，我恨你！

看到奈娜沒有出言譏諷與反對，卡萊爾向女子投以感激的微笑，依舊是那個令人熟悉、略帶孩子氣的溫暖笑容。這名青年總是有種獨特的親和力，令人不由自主地感到親切，並想要親近。

卡利安微微驚奇地打量著卡萊爾，神情是不掩飾的意外。想不到把帝國軍要得團團轉的傢伙，竟是眼前這名看起來人畜無害的青年。

雖然卡萊爾與卡利安可說是宿敵般的存在，二人交手的次數不下數十次，可是

這卻是他們初次面對面。在卡利安盯著對方看的同時，卡萊爾也同樣打量著眼前的男子。

青年從沒少領教過卡利安的手段，狠辣、陰險、雷厲風行，本以為男子會是如阿瑟般那種冷酷嚴謹的軍人，然而對方卻意外地與尋常貴族沒有多大差別，滿身貴氣、高傲無比。要不是那雙隱藏在鏡片後的祖母綠眸子，偶爾會閃現出算計的光芒，卡利安看起來倒還真像個自視甚高、不知天高地厚的紈褲子弟。

隨意找個看起來較乾淨的地方席地而坐，我並沒有多花時間觀察那兩人的深情對望，逕自懊惱地拉扯著禮服上沉重又累贅的花邊，考慮是否要不顧形象地把裙襬撕破，好讓自己行走時能輕鬆點。

卡萊爾注意到我的小動作，收回打量男子的視線，走到我面前，把右手覆蓋至左手手背的指環上，動作一拍一拉之下，一套款式樸素的男裝忽然憑空出現在青年的手裡。

空間戒指！

不能怪我如此震驚，空間戒指是只有踏足聖階、掌握了空間法則的魔法師才

製造得出的魔法物品，而且所需材料非常稀少珍貴。我們菲利克斯王室也只擁有三枚，一枚在父王身上，一枚作爲嫁妝，隨著大王姊出嫁了，一枚則是被珍而重之地收藏在國庫裡。

想不到卡萊爾竟然擁有空間戒指，查理斯家族的底子似乎比我想像中的還要深啊……

「爲免進城時引起士兵的注意，請殿下先委屈一下，穿上這套男裝吧！」卡萊爾把衣服交至我手上後，再從空間戒指中取出輕甲及長靴。

眨眨眼，確定手上的衣物並不是我的幻覺以後，我激動得連眼眶也濕了。

奈娜見狀，再也忍不住地嘲諷道：「妳哭什麼！只是要求妳換上男裝，這樣子便委屈妳了嗎？眞是個嬌生慣養的公主……」

沒理會女子的責難，激動無比的我瞬間便把王室那套踢至天邊，本性盡露地一把握住了青年的手，道：「做得好！實在太感動了，我眞是討厭死這身禮服了！」

眼角瞄到奈娜倏地沒了聲音，卻仍呆張著嘴巴的傻模樣，心情很好的我不禁「噗哧」地笑了出來。

被我突如其來的態度轉變搞得露出瞬間呆滯的卡萊爾，在接觸到與剛剛公主式微笑不同、發自內心的爽直笑容時，忽然緊盯著我，蜜色的眼神滿是審視以及深深的疑惑。

「怎、怎麼了嗎？」我的笑容立即凝在臉上，發現剛才自己有點得意忘形了。卡萊爾這副若有所思的神情，令我生出一種不妙的預感。

「不……只是忽然覺得殿下與一名不久前認識的朋友很像。」卡萊爾也察覺到盯著我看的舉動很不禮貌，於是歉意一笑後便移開視線，可是說出口的話，卻令我膽戰心驚。

「也許是因爲我們曾在城堡附近有過一面之緣，才給你似曾相識的錯覺吧？」現在要做的就是裝傻，還有以笑容來矇混過去！

幸好卡萊爾受到這番先入爲主觀點的影響，早就把「維斯特」與「西維亞」視爲兩個不同的個體。加上我的反應快，因此青年雖然滿臉疑惑，但似乎並沒有把我的兩個身分聯想在一起。

爲免露出更多破綻，我拒絕了奈娜的陪同，以換衣服爲由，躲進濃密的灌木叢裡。

看著手裡一整套男裝，從衣服鞋襪至皮帶、輕甲一應俱全，完全是初級傭兵的裝備，卻唯獨少了應該別在腰間的佩劍。回想起與卡利安對峙時，趕來幫忙的卡萊爾以害怕我傷到自己爲由，收走我的長劍，我便不由得感到一陣氣悶。

也許我該顯露一下劍術上的造詣，好爭取應有的權利，讓卡萊爾把劍還給我？

可是這個想法才出現不到兩秒便被我推翻了。在「創神」團員選拔戰時，卡萊爾曾與我聯手抵抗伊里亞德的攻擊，對我的劍法熟悉得很，萬一因而露出破綻……

「被他們知道又有什麼關係呢？妳不是早就承認卡萊爾爲同伴了嗎？」女神柔和而飄渺的嗓音於腦海中響起。

「您這麼說也對，只是……」只是，一想到在溫泉時差點被卡萊爾看光光，我便不想把眞相告訴他了！

「呵呵……小丫頭，春心動了嗎？」女神大人用著與柔美嗓音不符的下流語調，以三姑六婆的口吻說道。

「不是啦！」只是想到卡萊爾對我這個恩人的敬畏態度，萬一被青年知道差點與他鴛鴦戲水的人正是四殿下西維亞，我真的很怕他會立刻上演一場切腹謝罪的戲碼。又或是查理斯家族在得知這個青年竟然做出如此大逆不道的事情以後，直接派人來個大義滅親……

打了個寒顫，太可怕了！還是不要繼續想下去。換衣服、換衣服。

這身傭兵服飾除了褲管與衣袖有點長之外，竟是意外地合身。脫下高跟鞋的瞬間，我真有種活過來的感覺，穿著禮服在森林中奔跑這種事，我這輩子再也不會做第二次了！

「看妳現在的裝扮，維斯特這個身分只怕再也瞞不住了吧？」女神大人那幸災樂禍的話語，令正要步出灌木叢的我停了下來。也對，現在除了氣質、髮色與髮長外，穿上男裝的我與扮維斯特時的裝扮並沒有多大區別。以卡萊爾的精明，看不出來才有鬼！

果然還是應該只換鞋子，把禮服穿回去嗎？

就在我進退兩難之際，一陣悸動從心頭生起，這種難以言喻的感覺使我回頭，細細察看被濃密灌木叢所遮掩住的另一頭。

掛在脖子上的時之刻忽然閃現一陣淡淡金光，隨即像是互相呼應般，茂密的叢林中浮現起神祕的黑色光芒。

「這是！」撥開遮掩住視線的枝葉，我驚訝地看向黑色光芒的來源，激動的心情久久無法平復。

那是一塊巨大的石頭，大石平滑的表面刻著一個黑色魔法陣。雜亂無章的排序，是使用遠古語言所刻劃的祈禱文。這個魔法陣與古蹟中所見的亡靈法陣，以及於山崖下封印巨龍的魔法如出一轍，顯然出自同一人的手筆。

自從下定決心要動用所有能使用的力量來武裝自己、保護大家以後，我向夏爾詢問了不少魔法的基本知識，對於魔法陣，我已不像最初那般一無所知。

擁有一雙能看見魔法元素的眼瞳，我清晰地看見黑霧般的闇系元素正以驚人的速度往法陣聚集而來，用來代替構成式的古文字一個個被激活。最後，在我眼前出現的是一道巨大、由純粹闇元素所組成的大門。

一切來得突然，黑暗元素所組成的巨門，透露著陣陣詭異的氣息。可是我卻奇異地沒有絲毫慌亂與惶恐，內心甚至還有種想要打開這道門的衝動。

「眞稀奇，竟是一個連接兩個空間的魔法陣。怎樣？妳要進去嗎？」女神大人的語氣明顯透露出高度的興趣，雖然不知道這道門通向哪兒，可是看她的反應，似乎這個魔法陣本身並沒有任何危險。

「我總覺得，在這道門的背後可以獲得一些很重要的答案。」這種感覺眞的很強烈，加上我那令人驚歎的直覺，令我決心往魔法陣裡闖一闖。

好奇地伸出手想觸摸一下這道神祕的黑色大門，怎料就在指尖碰到大門的瞬間，本來安靜平穩的黑暗元素忽然變得狂暴，猶如狂風般的波動颳得我雙目刺痛。反射性閉上雙眼的瞬間，我似乎看到手背上的新月印記發出了淡淡的月色光線，隨即一陣猛烈的離心力後，我便徹底失去了意識。

□

我是因爲快要窒息而驚醒的。

好夢正甜，卻忽然痛苦地感到呼吸困難。猛然睜開雙目一看，這才發現窒息感

來自被勒緊的衣領。

卡利安竟然扯著我的衣領，舉起來的手正想要一掌巴醒我！

看到我忽然張開雙眼，男子的動作略微停頓，我立即把握機會，先下手爲強，一拳往他的臉上揮去。

出拳以後我立即暗暗責怪自己，我竟然……很自然地又使用拳頭了……明明先前才告誡過自己要保持儀態，要出手也頂多賞巴掌的說……

卡利安顯然想不到我剛清醒便立即一拳打過去，眼看一時之間要閃避已經來不及，卻在這千鈞一髮之際，男子忽然收緊拉住衣領的力道，我立即喘不過氣來，揮出去的拳頭也失去了準頭與速度，被他輕鬆閃過。

卑鄙！

看到我桀傲不馴的眼神，卡利安冷冷一笑，竟把手上的力道再度收緊了些。

要……要死了……

哼！死就死吧！最好馬上把我勒死，然後我們一拍兩散！反正有月之印記在，我是絕對不會吃虧的，死了以後他也要跟著陪葬……

不、不對！誰要與這傢伙死在一起啊!?女神大人救命啊！

可惜我才剛把銀鳥召喚出來，卡利安便放開我了。雖然很生氣，可是對方不攻擊我，我倒不好意思用小海燕偷襲……

「妳也會不好意思呀？」月之女神笑道。

「……」

好吧！我承認女神大人眞的很了解我。不攻擊的最主要原因，是因爲在印記的效果下，我與卡利安此刻可說是命運共同體。我可沒興趣在把人弄暈以後，還要拖著他到處走，那很辛苦耶！

我咳了好一陣子才回過氣來，卡利安下手眞狠。若不是因爲印記誓言的約束，說不定他眞的會下狠手，乾脆把我勒死，來個一了百了。

避過了窒息而死的命運，空閒下來的大腦開始回想暈倒前的種種事情。慌忙抬頭察看四周，依舊是青蔥翠綠的森林景致，就這麼看過去，倒還眞的看不出已經越過魔法陣上的元素之門。

「等等！爲什麼你會在這兒!?」兩秒後便把手指指向卡利安，我記得穿過元素

之門時，這傢伙還待在灌木叢的另一頭。

男子冷冷地「嘖」了聲，高傲的神情就像正鄙視著一頭沒長腦的低等生物，道：「難道殿下仍未清醒嗎？不就是因爲您沒事跑進魔法陣中，才害得我也被捲了進去。」

隨即在卡利安那不失禮數、卻猶如連珠炮般的可怕謾罵下，我這個對印記一知半解的契約者，這才明白祈禱文的威力擁有絕對的約束力。由於當初我們是以「直至卡利安安全返回軍隊爲止」爲前提，因此在卡利安平安返回軍隊前，印記的力量會把我們倆的生命牢牢地連結在一起。

雖然誓約印記的力量不受距離影響，可是並不包括傳送魔法所連接的空間斷層。因此，當其中一方出現長距離的空間跳躍時，作爲連接點的印記，便會強制把另一方拉扯進同一個空間裡。

我看著受到連累、臉上表情已經瀕臨暴走邊緣的卡利安，開始後悔當時爲了盡快離開戰場，與他共享新月印記這個腦殼進水的舉動了。

你以爲我很想把你拉過來嗎？我也是很無奈呀……

「然後呢？」男子冷冷地問了我一句。

「啊？」

「請問殿下在驚訝什麼？難道您就沒有任何話要對我這個無辜受到牽連的受害者說嗎？」

我恍然大悟地眨了眨眼睛，立即垂首說道：「對不起……」

怎料如此誠心誠意的道歉，卻換來一記毫不留情的爆栗，道：「道歉有什麼用！拜託您偶爾動用一下腦子好不好？這是什麼地方？那個魔法陣是怎麼來的？殿下您爲什麼會踏進那道元素之門？這些事情好歹要向我說清楚吧？」

卡利安罵得激動，我卻很自然地神遊太虛起來。看著他嘴巴一張一闔的，竟然意外地感到很有喜感。

小時候由於與多提亞的關係很好，我三不五時便會跑至帝多家的大宅找他玩耍，因此負責指導我學習的宮廷教師便乾脆把監督我做功課的責任，下放至多提亞身上。後來甚至美其名要「考驗」多提亞，把批改作業以及給分數的重任也丟至他身上，自己卻逍遙快活去了。

那時候，身爲長子的卡利安正好是多提亞的家庭教師，於是從小與我兩看相厭的青年，很不幸地被殃及池魚，也成了監督我學習的其中一員。

「怎麼還不懂？眞不知道我爲什麼要把時間浪費在你們身上，一個笨得像豬，一個蠢得像智障！」

不是我誇張，卡利安在指導我們功課時，從沒少過這種滿臉不耐的連珠炮責罵模式，每次總會聽到類似以上的辱罵。

這個人暴走時特別好玩，總是性情大變地把貴族的禮儀踢到天邊，因此我早已聽得很習慣了。

有時候我不禁會想，卡利安在這麼年輕的時候就已經透露出嚴重缺鈣的徵兆，還眞是個可憐的孩子。

相較於卡利安的斯巴達式教育，多提亞的手段便狠辣直接得多了。考試不及格、作業遲交，卡利安總會狠狠地把我臭罵一頓，但罵過以後還是會給我重做一次的機會。多提亞則會溫柔和藹地說沒關係，然後邊微笑邊打上零分……

直到耳邊若有似無的噪音消失，我才很自然地解除了神遊太虛的狀態，臉上的反省表情更是誠懇眞摯、入木三分。

雖然對於卡利安的責罵內容左耳進右耳出，但我還是很有技巧地偶爾點一下頭，又或是假裝害怕地縮縮身子。果然經過了一輪發洩，此刻卡利安完全一改先前那副暴怒的神情，精神爽快得很。

趁對方心情好，我立即把早就想到的謊言說出：「我也不知道那道魔法之門是怎麼來的，反正就是不小心踏進魔法陣，然後就被捲進來了。」直覺告訴我，那個以遠古祈禱文所刻劃的魔法陣很重要，才不能傻得把一切如實告訴身爲敵人的卡利安。

目前所在位置不明，大家手邊都沒有武器，有著銀燕這個祕密武器的我，眞的很想藉著這個大好機會神不知鬼不覺地解決卡利安。偏偏我們卻被月之印記約束，互相攻擊可說是一點好處也沒有。甚至如果遇上了狀況，在對方受到致命攻擊時還要出手相救，不然可是要手牽手一起去冥界的。

失去了一個除掉卡利安的難得機會，眞可惜！

「殿下知道同爲犬科動物，狼與狗最大的差別嗎？那就是攻擊力。狗被人類飼養，不用自力更生的結果，就是天賦本能的退化。如同殿下那顆高貴的腦袋一樣，就是因爲您始終不用，才會退化得比豬還蠢。」

托了托臉上的眼鏡，卡利安的用詞雖然有禮，完美無缺地襯托出他身爲貴族應有的高貴，然而裡頭的內容卻狠毒得很，配上那種「妳完全沒救了」的憐憫眼神，實在令我火冒三丈。

基本上撇除那種失控的暴走狀況外，卡利安罵人都是不帶髒字的。無論內容有多難聽，語氣與姿態卻都是令人氣憤的冷靜有禮。

「這實在是毫無根據又令人深感沉悶的說詞，在我七歲的時候，就聽你用來罵過多提亞了，難道伯爵閣下再也想不出任何新的形容詞了嗎？果然貧乏的人就只能擁有貧乏的字彙呢！」他有禮，我比他更有禮；他囂張，我就更囂張！

好歹我也是王族出身，那些貴族夫人小姐們，最厲害的就是唇槍舌劍了。雖然沒人敢對我無禮，可是在潛移默化之下，我雖說不上深諳此道，但反駁一下的信心還是有的。

畢竟卡利安再聰明厲害，也厲害不過那些把諷刺當問候、把嘲諷取笑當打發時間、更把陰謀手段玩得爐火純青的夫人小姐們來得強吧？

依舊保持著謙謙有禮的貴族風度，然而男子一雙美麗的祖母綠眼眸卻閃過一絲冷光，道：「只有卑微如豬的生物，才會愚蠢得向雄獅叫囂。」

我微微一笑，輕柔地反問：「那麼伯爵閣下此刻是在向我叫囂嗎？」

噢噢！爽啊……

看到口齒伶俐的卡利安倏地住了嘴，臉上一陣紅一陣白的，顯然被我氣得不輕。這實在是太有成就感了！

就在我邊沾沾自喜，邊欣賞著卡利安難能可貴的吃癟神情之際，忽然「噗哧」的一聲笑，令我的神經瞬間緊繃。

那是酷似女神與我聯繫的方式，這笑聲並不是從耳朵傳入，而是直接迴響於腦海中。可是我很清楚，這笑聲並不屬於女神大人。往旁邊一看，卡利安也是滿臉凝重地警戒著四周，顯然這聲笑他也聽到了。

ch.3 魔族軍團長

「什麼人!?」卡利安冷冷地喝問了聲，卻只換來腦海中吃吃的幾聲笑。

我暗地裡放出小海燕，卻沒有發現任何可疑身影。四周不要說是人了，就連飛蟲也不見一隻……

「咦？」訝異地眨了眨眼，滿臉不可置信地再次確認，這才發現整座森林別說是飛蟲，就連雀鳥與松鼠等小動物也不見蹤影，安靜得詭異。

就在我驚疑不定之時，竟忽然失去了對銀燕的控制！要知道小海燕是我從月之女神手中獲得的誕生禮，不止意義非凡，也是我一直小心隱藏的祕密武器。雖然牠能造成的殺傷力不大，卻能在關鍵時刻發揮巨大作用。此刻我與小海燕的聯繫被切斷，又怎能不令我著急？

「真是有趣的力量。」那充滿俏皮與魅惑感的嗓音再度於腦海中響起，我正要出言質問之際，女神大人那柔美、卻帶有神明專屬威壓感的聲音瞬間響起：「回來。」

從剛才起便不受控制的銀燕，立即轉化成淡淡光芒，隨即又變回我手鐲上泛著柔和藍光的月亮石。

「神力？擁有高階神明的守護，妳這個人類小傢伙是王族？」陌生的女聲似乎很驚訝，隨即竟向我們提出了邀請：「眞有趣。本以爲能夠觸動那道魔法陣的人只會是闇黑神教的教徒，想不到卻是名王族！過來我這兒吧！讓我好好看看妳。」

對方短短的一番話，卻給了我不少有用的資訊。

根據她的意思，那個奇異的魔法陣果然與闇黑神教有關！而且從對方稱呼我爲「人類的小傢伙」便可以看出，這名神祕女子顯然屬於人類以外的其他種族。

對於女聲的邀請，卡利安顯然也聽到了。「妳打算怎麼辦？」

認眞地思量片刻，我才回答道：「去吧！呆站在這兒也不是辦法。從她似乎無法主動找我們這件事看來，也許對方的行動受到某些限制，我想應該沒什麼危險……大概吧……」

我說到最後，語氣也愈來愈不確定，畢竟這只是我的猜測。以最近頻頻走霉運的運勢來說，希望不要發生什麼事情才好。

卡利安沉靜地凝望著我，也不知道在想什麼。良久，男子一言不發地轉身往女聲所指示的方向走去。

本以為只要是我的提議，卡利安即使不反對也至少會留難一下，想不到他卻決定得如此乾脆，反倒顯得我有點以小人之心度君子之腹了。

有點意外地愣了愣，我才回過神來，連忙小跑步追了上去。

「真慢。」男子皺了皺眉，竟完全不掩飾內心的不滿。

「我只是想不到你忽然之間那麼好說話，有點反應不過來。倒是你，不裝紳士了嗎？」聽慣卡利安那種以貴族口吻發出的嘲諷揶揄，忽然把話說得這麼直接，還真有點不習慣。

「這就算了，現在只有我跟妳……或許還有那名躲在暗處偷聽的神祕人……裝模作樣給誰看？如此一來，妳也樂得輕鬆吧？」

的確……聽他「您」來「您」去確實還滿累的，尤其在對方又不是真心尊敬自己的狀況下。

既然卡利安如此直接，王室那套我也樂得放下來，說話的語氣立即變得爽快隨意，道：「說實話，你為什麼答應得那麼乾脆？」

「因為妳認為過去會比較好吧？也許妳不知道，四殿下百分百準確的直覺，在騎士團中是很出名的。」

原來我那麼厲害又有名嗎？連素來與我們沒什麼交集的卡利安竟也知道我擁有驚人的直覺……

彷彿看穿我的想法，卡利安淡然說道：「那個第三分隊的白痴騎士長，不是曾在賭局上被妳殺得片甲不留，整整三個月都只能以麵包充飢，更要做苦力來抵債嗎？從那時候起，四殿下擁有恐怖直覺這件事便在騎士團裡廣泛流傳；告誡新任騎士絕不能與妳賭博，更成了騎士長的首要重任。事情鬧得如此沸騰，我又怎會不知道呢？」

「……」仔細回想，好像的確曾有過這麼一回事，卡利安不說，我還眞的不記得了。

可是我要澄清，那次的事絕不能怪我狠。當時不少皇家騎士都沾染上賭博惡習，因此我這才下了這帖猛藥來個殺一儆百。而剛好那時被我安頓至南方的荒民正在全力開墾家園，我就物盡其用地把利馬丟過去幫忙了。

看到他的下場那麼淒慘，大家賭博時自會收斂一下；同時身為騎士長的利馬一

動，第三分隊也免不了遭到拖累，必須前去幫忙，如此一來，荒民便能獲得整支分隊的勞動力，父王能夠放下心來，我也可以耳根清靜一些，一舉數得不是很好嗎？

就在我回憶著這段可說是利馬、以至於整個第三分隊的辛酸血淚史的時候，四周環境隨著我們的前進而逐漸轉變。茂密的樹木漸次疏落起來，空氣中更隱約傳來陣陣潮濕的氣息。很快地，我們眼前便出現了一座美麗的巨大湖泊。

這片寂靜得詭異的森林，給人一種時間靜止的感覺，然而眼前的湖泊，卻大大扭轉了這股死寂的氣氛。湖面陣陣的波紋，於陽光的照耀下折射出點點銀光，頓時令過於寂靜的環境活躍起來。

「好漂亮的湖！」加快了前進的步伐，來到水邊的我毫無儀態地蹲下身子，伸手便想感受一下湖水的清涼。

然而，指尖在快要觸碰到湖水的瞬間，卻不由自主地一頓，不知爲何，心頭竟生起一股不祥的預感，總覺得不該如此草率地把手伸進去……

髮根忽然傳來一陣劇痛，從後而來的拉力，大得把我整個上半身拉扯得往後仰。卡利安竟然用力拉著我的頭髮！

憤怒之下，我不禁暗暗擔心起來，這頭長髮只是克里斯用魔法變出來的障眼法，雖然精靈少年曾很有自信地說過，他變出來的頭髮雖是幻覺，但「摸起來就像是眞的」，可是我猜想即使是鼎鼎大名的「白色使者」，也不會預料得到會有人行使暴力去扯它才對。

一想到這頭長髮也許會在卡利安的暴力下消失不見，然後「菲利克斯帝國四殿下那頭美麗的月色長髮，其實是用來遮掩禿頭的魔法假髮……」這種可怕的謠言會傳遍全國，我的臉瞬間嚇白了（當然有絕大部分是因爲痛得發白……）。

「停！再扯的話會掉髮的！我反對暴力！」精靈族不愧爲自然界的寵兒，那得天獨厚的元素親和力果眞不凡。在卡利安的暴力下，以幻覺形成的長髮竟然展現出它驚人的韌性，簡直比眞髮更頑強。

我氣得霍地站起，可惜因爲身高上的差距以致氣勢明顯不足。但即使如此，心裡那股洶湧的殺意仍舊熊熊燃燒著，如果卡利安無法給我滿意的解釋，我必定會先把人暴打一頓再說！

卡利安卻根本不理會我，一言不發地把一顆小石子踢進湖泊中。

水花四濺，數條說不出品種的怪異大魚猛然躍出水面，就像嗅到血腥味的狼群般，張開滿布尖齒的血盆大口，爭先想要把石頭吞下去。

仍未來得及從這異變中回過神來，一陣細微的刺痛立即把我的心神拉回。慌忙往後退去，直至與湖水保持了好一段安全距離後，我才垂首察看手臂上的傷勢。

因怪物飛躍而濺上水珠的手臂此刻隱隱作痛，白皙的皮膚上浮現出幾點小水泡，這正是被湖水燙傷的痕跡。

是的，燙傷！

看起來清涼無比的湖水，竟有著沸點的高溫，真不知道那些形態怪異的大魚是怎樣在湖裡生存的。

「你怎會知道湖裡有這些……怪物？」原來卡利安剛才的動作是想阻止我犯險，雖然個人覺得那種凶悍無比的暴力手段比較像是要殺人滅口。

睥睨地看了我一眼，青年話裡的不屑氣得我牙癢癢的。「湖裡有什麼我並不知道，只是妳感覺得到有風吹動嗎？無風的狀態下，湖面卻泛起陣陣波紋，就連白痴也能察覺出不尋常吧？」

哼！囂張吧囂張吧！本公主才不與你這種小人物計較。

我好想念多提亞啊！要是多提亞在我身邊，以他的細心，必定能察覺得到危險。何況在把手伸進湖水以前，我那無敵的超直覺早就阻止了這個犯傻的舉動，根本就不需要卡利安阻止！

「怎麼了？小傢伙們，你們不過來了嗎？」腦海裡再度浮現起那陌生的女聲，隨著聲音的出現，一尾通體銀白、蛇身魚尾的怪物翻騰出水面，長長的身軀足有數十公尺長。

這怪物一現身，爭吵不休的魚群立即安靜下來，唯恐躲避不及地全數潛回水底，簡直就是帝皇出巡、眾人迴避的氣勢，實在威風到不行。

對上了怪物的視線，我不禁有點退卻了。「呃……抱歉，這位女士……妳的種族實在是超乎我意料之外地可怕，我還是留在岸邊與妳對話好了。」不只種族，連體積也出乎我的預料！

誰會想到那甜美動聽的女聲，竟是來自一頭如此猙獰的龐然巨物？

「呵，妳這小傢伙眞有趣，你們看見的生物只是我的孩子。看看妳的右邊，我在這兒。」

這怪物還只是「孩子」而已？那母親的體積到底有多大？糟糕！有點不敢看向右邊了！

「魔族!?」就在我掙扎著要不要看過去時，耳邊已傳來卡利安的驚呼。

即使是湖裡的怪物隆重登場之際，卡利安仍舊保持一副處變不驚的樣子，可是此刻的驚呼聲卻是滿滿的震驚。能令男子感到如此震驚的事，立即引起了我濃厚的興趣，何況男子口中的魔族，應該早在多年前被驅逐回黑暗之地，在大陸上絕跡了才對。

好奇地往右邊看去，映入眼簾的是名坐在湖面浮石上、妖魅無比的女子。

一頭鬈曲的銀藍色長髮披散在身上，同時掩遮了赤裸的上半身。若只看上半身，女子就像一名長相艷麗的普通人類，然而耳朵位置那猶如魚鰭般的鰓部，卻顯露了她的種族。

那斜斜躺臥在浮石上的下半身，並非修長雪白的雙腿，而是一條泛著銀色冷光的魚尾巴。仔細一看，女子那雙看似纖細柔弱的雙手上，指尖竟泛起與尾部的魚鱗如出一轍、兵器般的銀色冷光，配上女子腰間連接尾部的尖銳魚鰭，整體就是不好惹的感覺。

竟然真的是魔族！而且是被喻爲水中霸王的水妖！

水妖也被稱爲「人魚」，人身魚尾的魔族，成年以後尾巴可以幻化成人類的雙腿進入陸地。肉食性，主食名單中包括了人類，與纖弱的外表相反，是驍勇善戰且凶悍無比的嗜血種族。

他們能夠引起海嘯等自然災害，歌聲有著迷惑人心的力量，同時擁有極強的水元素親和力。幸好這個種族雖能幻化出雙腳，卻無法遠離水源太久，因此他們的禍害範圍只限於沿海一帶，這才沒有對人類造成過於重大的傷亡。

後來在人類、獸族及精靈的同盟大軍對抗魔族的大戰之中，以魔族大敗作爲終結，把人類視爲糧食的水妖更是直接被聯軍滅族，消失於歷史的洪流中。

這也是爲什麼我們在看到水妖時會如此驚訝的原因。

「嗯？小傢伙們，怎麼不說話了？」水妖滿臉疑惑地歪了歪頭。也許是距離夠

近了吧？她這次並沒有如先前般，讓聲音直接在我們腦海中迴響，而是張開豔紅的嘴巴，吐露出人類的語言。

老實說，這讓我暗自鬆了口氣。這種肆意入侵別人腦海的傢伙，有女神大人一個就夠了，我可不希望增加數量。

「妳這樣說是什麼意思？殺了妳喔！」這個想法才剛浮現，女神大人那溫柔如水的嗓音便隨即響起。我立即全身一僵，不敢繼續胡思亂想。

我可以肯定，每次女神大人以開玩笑的語氣，溫柔地說「殺了妳喔」的時候，我是真的可以感受到凌厲的殺意……

聽到水妖的疑問，我才發現她的眼神渙散，視線焦距並沒有在我們身上。

「妳的眼睛看不見？」舉起手朝水妖揮了揮，女子的雙目卻依舊毫無受到影響，木然地一動也不動。

卡利安在驚訝過後並沒有發言，只是默默站在我身旁略微偏後的位置，露出一副全然沒有興趣與水妖交談的模樣。

喂喂！你平時自詡的紳士風度呢？遇上陌生女性——雖是個魔族，可是你這位紳士連招呼也不打一聲？不是我要說，雖然大家有著不再裝模作樣的共識，可是你的本性也發揮得太淋漓盡致了吧？

對於我直接的詢問，水妖並沒有顯露出生氣的樣子。只見女子把浸在水裡的半截魚尾巴抽出水面，纖細白皙的手輕撫上尾巴末端那泛著暗黑色調的鱗片，女子笑道：「是的，早在很久以前便看不見了，尾部大概也撐不久了吧？現在的我，無法幻化出人類的雙腿，也不能離開湖泊的範圍。距離這麼遠說話很累呢！小傢伙，妳過來吧！」

水妖敘述自己的身體狀況時，那語調實在過於輕描淡寫，簡直就像在說別人的事情似地。

魔族的壽命很漫長，只略遜於龍族與精靈。別看她的外貌只像名二十多歲的年輕女子，她的眞實年紀說不定已是老婆婆級別了，若以降魔戰爭發生的時間來計算，她們忍受這種傷痛足足已有二十年之久！

一想到這兒，雖然對方是傳說中凶狠殘酷的魔族，但我還是不禁同情起她來。

然而同情歸同情，我也不是個會以自身安危來開玩笑的傻瓜。心想對方無法離開湖面才好，至少表示我們站在陸地上是安全的。水源是水妖的領域，萬一我踏了進去，天知道她會不會暴起發難？

於是我想也不想便拒絕道：「不用了，我還是比較喜歡腳踏實地的感覺。」

一直和顏悅色的水妖這時卻忽然神態大變，妖艷俏皮的神情瞬間變得暴躁猙獰，簡直像是換了個人。

美麗的銀藍色長髮變得漆黑如墨，不單詭異地無風自動，更散發出令人無法忍受的炙熱，就像是燃燒著的黑色火焰。隨即，湖水藍的雙眸也轉變了色彩，變幻成烈焰般的火紅。

連串的轉變看得我目瞪口呆，水妖那無風自飄的黑色長髮，更是令我不禁暗暗爲對方抹了一把冷汗。

小姐，變身歸變身，別忘了妳那上半身可是什麼都沒穿，離走光只剩一絲之差啦！

偷偷瞄向身旁的卡利安，只見男子滿臉凝重地全神戒備，卻沒有我想像中的淫邪與猥瑣。嘖！本還想這是個取笑他的大好機會，眞是個無趣的男人！

「和他們說那麼多做什麼？乾脆殺掉算了！」

隨著水妖以惡狠狠的語氣說出這句莫名其妙的話，女子口中的「孩子」，那條蛇身魚尾的巨大怪物，忽然張開血盆大口，向我們發動攻擊！

早就有所警戒的我們靈巧地往旁避開，雖然沒有武器在手，可是憑藉長期鍛鍊劍術的敏捷身手，以及怪物無法離開湖泊的優勢，分開逃走的我們還是輕而易舉地把牠耍得團團轉。

看怪物拿我們二人沒輒，神態大變的水妖總算動了，一出手便是令我們驚愕不已的舉動。

她竟然抬起那有著尖銳利爪、看起來卻是軟若無骨的小手，狠狠地往自己那張精緻的臉上搧了一巴掌！

「難得有外人進來，這可是我們離開的大好機會啊！花火，妳這個惹禍精給我回去！」隨著這毫不留情的一巴掌，水妖嫩白的皮膚立即紅腫起來，然而猙獰暴躁的神情卻反倒因爲這一擊而平靜下來，回復先前那魅惑俏皮的語調。

「你也退下吧！我的孩子。」仍舊拚命攻擊我們的怪物，在水妖發話後立即潛

回水底，乖巧得就如自家庭園所飼養的小狗。

我才剛鬆了口氣，水妖忽然又再度以凶狠的語氣說道：「珍珠妳別插手！難得有人類走進來，正好讓我們換一具新的身體。」

說罷，女子忽然大力拉扯自己的頭髮，那力道之大，絕對比先前卡利安向我下過的狠手有過之而無不及。「噢！花火妳總是學不乖，即使讓妳殺掉這些小傢伙，得到的也只是具擁有數十年壽命的身體，過一段日子又要更換了。倒不如讓他們出去，替我們找到那枚能讓我們離開結界的寶石，這才是上策。」

我呆呆看著水妖自言自語地打著商量，談不攏時便使出暴力手段，不是搧自己巴掌，就是扯自己頭髮，神情不停轉換，一頭長髮也在銀藍與漆黑之間交替著，看得我眼花撩亂、驚愕不已。

難道這就是傳說中的精神分裂？她還眞是裂得很厲害啊……看她對自己下手那麼狠，若不是魔族擁有強大的物理防禦力，只怕她那張妖艷的臉早已變成豬頭了。

此時，一直沉默不語的卡利安忽然開口詢問道：「水妖珍珠？焰魔花火？魔族聯軍的兩名軍團長？」

我睜大紫藍眼眸，就連總是會蹺掉大陸歷史課的我，也聽過這兩大軍團長的名字。

魔族與人類不同，他們並沒有國家概念，而是分散開來，劃分成不同的族群，各自生活著。這兩名分別統領著水陸兩方魔族的軍團長——珍珠與花火，可說是魔族的最高領導人，同時也是大陸眾多生靈的惡夢。

可是根據歷史上的記載，她們不是被精靈王斬殺了嗎？

女子笑道：「想不到你這個小傢伙那麼快便能猜出我們的身分，真不錯。要不要幫姊姊一個忙？只要答應幫忙，我便讓你們回到外面去。」

看她的頭髮與眼眸顏色，以及說話時的神態，現在詢問我們的人應該是水妖珍珠吧？我已經開始分辨得出來了。

「先說來聽聽。」對於珍珠的提議，卡利安並沒有立即答應，但也沒有一口拒絕，這讓我暗暗鬆了一口氣。

似乎已與體內另一個靈魂（或說是人格？）達成了共識，花火再也沒有出來干擾，只剩下珍珠的靈魂娓娓而談道：「如你們所猜測般，我與花火正是二十年前魔族的軍團長。當年的大戰，我們受到了無法復元的創傷，花火的肉體更是被精靈王徹底消滅。跟隨精靈王征戰的那個人類……你們人類好像稱他爲『闇法師』吧？那個長得不錯的男人設下這個討厭的法陣，把我們封印在湖泊裡無法離開。」

水妖的一番話說得合情合理，雖仍舊滿腦子疑問，可是我還是頷首示意明白。

然而，卡利安可不像我這麼好說話。

「這番話無法解釋妳們此刻的狀況。失去肉體的花火，確實需要一個暫時的軀殼收容她的靈魂，可是身爲水妖與焰魔的妳們，本就是屬性完全相反的存在。即使魔族的體質比人類來得健壯許多，也很難想像竟然能容納兩個本質上完全相反的靈魂。」

面對卡利安的質問與懷疑，珍珠不只沒有表現出生氣與不滿，反而露出一副欣賞的神情道：「呵！你這個小傢伙眞的很不錯。另一個小傢伙有高階神祇的神氣保護著就算了，可是你單憑人類的精神力，竟然可以在我發放的威壓之下面不改色，甚至膽敢質疑我說的話。要知道，就算是在大戰時期，能夠做到這一點的人類也不多呢！」

說罷，女子忽然伸出手，那泛著刀刃般冷光、殺傷力顯然不弱的指尖指向我說道：「我剛才的話可沒有騙人喔！若是你們不相信，大可詢問那個把神識附在這小傢伙身上的高階神明。」

ch.4 魔獸之心

「女神大人？」我愣了愣，試探性地呼喚著一言不發的月之女神。這位任性的女神大人總是神龍見首不見尾，我實在不確定她有沒有認眞在聽水妖的話，還是因爲不想理會她才沒有發言。

隨著我的呼喚，手鐲上的月亮石浮現美麗的藍光。然而，這次出現的再也不是熟悉的銀色海燕，而是以光線交織而成，光潔神聖、充滿朦朧美的女子身影。

在陣陣柔和的月色光輝中，我虔誠地緩緩跪下。而讓我感到意外的是，一旁的卡利安竟也單膝跪了下來，對眼前這位象徵柔和與慈悲的月之女神，奉上應有的敬意。

「想不到在這麼多年過後，竟再次讓我遇上以這種形態出現的同族。」

與水妖那動聽無比、卻天生帶有魅惑力以及侵略性的嗓音不同，女神大人迴響在腦海裡的聲音溫柔婉約，如同吹拂著的微風，給人一種很舒服的感覺。

「同族!?」卡利安霍地抬起頭，若不是女神大人的嗓音帶有奇異的安撫效果，震驚的伯爵大人也許早已失態地站了起來。

「是的，她們與我同爲神族。然而卻選擇了拋棄神族的身分與力量，化形成爲大陸上的種族。」

「怎樣？現在願意相信我的話了吧？多疑的小傢伙們。」珍珠志得意滿地笑道。

在女神大人的解釋下，我們才知道所謂的神明，是一種跳脫出大陸上所有生命形態的存在。祂沒有軀殼與固定的形態，是由自然界中如太陽、月亮、火焰、冰川等各種單純而強大的能量體，經由億萬年的時光所孕育而成。祂們會稱呼孕育祂們的能量體爲「母親」；而神明降生後的階位與能力，也取決於「母親」的強弱。

「神明會承繼母親的能力與性質，可是偶爾也會有屬性完全相反的神明降生，就像是代表水的我，以及象徵火焰的花火。」在女神解釋過後，水妖如此說道。

「妳們的母親是什麼？」我很好奇，到底是怎樣的能量體，竟能產生出屬性完全相反的神明？

水妖俏皮地聳聳肩，道：「這可不能告訴妳。」

小氣！

顯然是聽到了我的心聲，女神大人的嗓音徐徐響起：「並不是所有孕育出神

明的『母親』都是沒有形態的存在，只要擁有強大的力量，即使是人類製造出來的東西，也能產生出低階的神明。萬一『母親』被毀滅，身爲孩子的神明也會受到巨大傷害，因此除非是打從心底承認的人，否則神族是不會輕易告訴別人母親的本體的。」

聽過女神大人的解釋，我很乾脆地向眼前的水妖垂首道歉：「抱歉，是我誤會妳了。」

聽到我的道歉，珍珠明顯一愣，道：「小傢伙，雖然我的靈魂是神明，可是早已轉生成魔族了。在我手上死掉的人類，可是以百萬作單位計算的。」

我疑惑地歪了歪頭，道：「那又怎樣？」這些我早就知道了啊！可是這與我的道歉有什麼關係嗎？

雖然身爲人類的我也同樣無法接受魔族的殘酷，可是魔族早已獲得了報應，在各個種族的圍攻下幾乎被滅族，只能退回黑暗之地苟延殘喘。唯一留在大陸上的焰魔與水妖也一死一重傷，二人共用垂危的軀體被封印在這兒足足二十年，我實在無法對這樣子的她們生出仇恨之心。

並沒有回答我的反問，水妖滿臉訝異地向我直眨那雙早已失去神采的藍色眸子。女神大人見狀笑道：「這孩子不只獲得與人類交惡的獸族的承認及喜愛，更是獸王的摯友。爲了幫助她，獸族甚至借出族中至寶『時之刻』。只要妳對她沒有惡意，她也不會因爲妳所屬的族群而生出任何負面心思，這孩子就是如此一個有趣的人。」

說罷，由光芒組成的女神，溫柔地輕撫著我的頭髮，便消散不見了。

聽到女神大人的話，珍珠沉思片刻以後展顏笑道：「的確是個有趣的小傢伙，就衝著妳這番態度，待我們的封印成功解除後，我便告訴妳我們母親的名字吧！這可是神明對待朋友的最高禮節喔！」

隨著女神大人的消失，重新站起身的卡利安再次回復那一臉討人厭的高傲，道：「妳到底想讓我們做什麼？」

水妖悠然一笑，道：「小傢伙，你不用那麼緊張，只是想要你們幫個小忙。就如剛才所說，這個結界是闇法師爲了封印我們而設的，只有傳說中能夠解除任何負面狀況的寶石——魔獸之心，才能破解。」

我自然知道水妖的言下之意，不禁小小罵了聲：「也就是說，要我們去找那顆魔獸之心……都是伊里亞德惹來的禍！」

此刻我已經猜想得到，之所以會觸動那個魔法陣，並成功建立連接兩個空間的元素之門，大概是因爲時之刻裡所蘊含的闇法師魔力，與魔法陣互相呼應的緣故。伊里亞德那時候口口聲聲擔保這東西會對我有幫助，有沒有幫助我不知道，我只知道它讓我倒了大楣。

此刻我滿心的怨懟，大概只比無辜受我連累的卡利安輕一點點。

「也就是說，妳有辦法放我們出去，條件是我們要替妳尋找那顆魔獸之心，對吧？」獲得水妖頷首，卡利安抱著雙臂，冷冷地道：「可是妳認爲身爲人類的我們，會願意把妳們這兩位魔族軍團長放出去嗎？」

水妖掩嘴一笑，道：「我明白你們在擔心什麼，但這些都是多慮。這具魔族的身體已經無法再撐多久，只要解除這個結界，我們便會放棄肉身，回復到神明虛無的形態並再度重生。嗜血與凶殘全都是受魔族的肉體影響，基本上若沒有肉體，慾望便會變得很淡薄，因此你們不用擔心解除結界後我們會對人類不利。」

「她說的話是真的。」女神大人的聲音在腦海裡響起，適時為我們解惑。

然而下一秒，女神大人的聲音卻倏地靜止。良久，才在我腦海裡語帶無奈地傳聲道：「好吧……」

她之所以會有這種反應，是因為在為我們解惑後，我暗自詢問了一句：「既然要幫忙，能不能敲竹槓？」

畢竟這兩名魔族再怎麼說都是神明轉生，這種事也不知道會不會惹來女神大人的不快，因此還是先請示一下比較好。

雖然只聞其聲不見其影，可是聽女神大人的語氣，也許她正在很沒形象地抽嘴角也說不定……

獲得月之女神的允許，我眼珠一轉，狡黠地笑道：「那好吧！可是魔獸之心是傳說級寶物，把它交給妳們，我有什麼好處？」

看珍珠正要開口回答，我立即把她想說的話堵回去，道：「我知道妳想說什麼，別認為放我們出去就算交換條件。既然我們能夠進來，說不定我們也能憑自己的力量出去呢！就算困死在這兒，我們也不痛不癢，頂多留在這裡生活下去，可是

妳們的身體卻再也無法支撐下去了吧？」

聽到我這番話，珍珠也不生氣，只是吃吃一笑，隨即那條巨龍般大小的怪物再次浮出水面，以不懷好意的目光定定看著我們道：「要是你們不答應，我便叫孩子們把你們吃掉！」

卡利安不屑地說道：「妳們連湖泊的範圍都無法離開，也敢在這兒說大話？」

面對卡利安的挑釁，這位一直笑語盈盈的軍團長，瞬間散發出嚇人的氣勢。眞不愧爲當年魔族中的王者，即使雙目失明、重傷未癒，但那驚人的氣勢卻仍舊充滿殺戮的氣息。

鑲嵌於手鐲上的月亮石立即被殺氣觸動，散發出一陣柔和的藍光把我全身護得周全。可是卡利安卻沒這種好福氣，直接承受水妖全力爆發出來的威壓。青年的衣服立即浸滿汗水，神情更是萎靡不振。即使如此，那雙祖母綠眸子仍舊閃現出不屈的光芒，令身爲敵人的我也不禁佩服他的硬氣。

想了想，在印記的誓約完成前，如果卡利安被解決了，我也不能倖免，因此我便立即道出早就想好的說詞，也好分散水妖的注意力。「平等的交易不是比單方面的壓迫更能讓人安心嗎？如此一來，對妳來說也是層保障。因爲萬一我們拿到魔獸之心後一走了之，妳們不就虧大了？有報酬，找起寶物也會比較賣力耶！」

也許覺得我的話有理，珍珠總算收斂起一身恐怖的氣息，勉強點了點頭道：「現在的我也沒有什麼可以給你們。這樣吧，只要你們把事情辦妥，我便告訴你們有關精靈王的一件大祕密。」

精靈王！不就是在說母后嗎⁉

感受到心臟不受控制地激烈跳動，我臉上卻不動聲色地微笑道：「精靈王的祕史嗎？的確是有趣的條件。成交！」

「喂！妳不會那麼無聊吧？這種沒有任何用處的交換條件也接受？」卡利安不滿地皺起眉。

「你管我。我又沒說要你同行，你大可留在這兒。」

「妳根本是故意在說風涼話！難道妳死掉我還能獨活嗎？」

呃……卡利安……你這句話也未免說得太曖昧了吧？

假裝看不到水妖那滿臉八卦的曖昧笑容，來回地「看」著我們二人，我很乾

脆地提議道：「反正身上已有一個誓約印記，也不差再多加一個。妳們身爲神明轉生，立下印記的力量還存在嗎？」

結果在一番討價還價之下，我的左手手背便多了一個火焰中流淌著流水波紋的印記。

談好交易內容後，水妖把手伸進清澈的湖水中。先前曾被湖水燙傷過的我很清楚它的高溫，看到女子神態自如，嬌嫩的皮膚竟能承受那可怕溫度，我不禁對此咋舌不已。

隨著珍珠艷紅的唇瓣一開一闔地輕聲唸出一段深澀的咒文，湖面便猛烈地波動起來。隨即女子把伸進湖水中的手一抓一拉，一顆約有一寸多大小的水珠竟然化成堅硬的實體，像顆純淨無瑕的水晶般，靜靜躺在女子的掌心。

珍珠隨意把手中的結晶往岸邊拋去，她的眼睛本就看不見，那準頭可想而知。幸好我本身動作靈巧，反應也夠敏捷，在晶球落地前一刻，才險險地接住它。

「眞危險……嗯？這是什麼？」

仔細打量著手中的結晶，它的觸感清涼堅硬，完全看不出是由那滾燙的湖水凝結而成。通透的水光裡包裹著一團燃燒著的火焰，這種水與火相融的現象，看起來竟有一種別緻的美感。

「這小東西會感應出魔獸之心的所在，你們跟著它的指示走就可以了。我也會盡量把座標連結在寶石附近，當你們成功取得魔核後，結晶便會把你們自動傳送回來。加油吧！小傢伙們。」

這位嬌弱妖魅的魔族軍團長，顯然是個個性與外表不符、明快果決的角色。只見她的話才剛說罷，一道由水元素組成的元素之門便出現在我們面前。

「雖然你們身爲人類，身上並沒有封印結界所針對的魔性，然而要離開這兒還是有點困難，必須借用我們的力量，因此你們把魔獸之心交給我們並非吃了大虧。沒有我的魔力協助，你們是斷沒可能離開這兒的。」

珍珠邊說著，邊拍了拍坐在身下的「石頭」，想要讓出更多位置給正在形成的元素之門。隨即我驚嚇地看到水妖身下的石頭竟然動了！這片我一直誤以爲是石頭的白色立足點，竟是某不明生物的背部！此刻我不禁很慶幸當初立場堅定，並沒有聽從珍珠的話，傻傻地接近她……

聽到珍珠的話，卡利安二話不說，便踏進這道湛藍的水門裡，雖然自小便很討厭這傢伙，但也不得不佩服對方的確是個拿得起放得下的男人。眼見事情已成定局，卡利安很乾脆地不再做無謂的掙扎，而是把心思全都放在如何辦好事情。

正要緊隨著青年的步伐離開的我，猶豫片刻後，停下了前進的腳步，轉向安坐在湖泊中心的水妖問道：「珍珠，有個問題從一開始我就想問妳，對於打倒妳的精靈王，妳有怎樣的看法？」

驚訝於我的詢問，想了想，珍珠笑了笑：「當然就是不甘心吧！可是他是堂堂正正地打敗我們，精靈王是個足以讓我們付出全力並且尊敬的對手。」

獲得了想要的答案，我不自覺地翹起嘴角，在珍珠愕然的目光下，向她深深地一鞠躬，隨即轉身往那道散發出濃郁水氣的元素之門走去。

□

有過先前的經驗，我對於空間轉移時所遇上的暈眩與噁心感，已經有了一點免疲力。雖然仍舊很難受，可是這次總算保持著意識，沒有暈倒，也算是有點小進步吧！

天旋地轉的暈眩感，令我的視線模糊起來，席地而坐了好一會兒才恢復體力。勉強使喚著仍舊發軟的雙腳站起身來，待所有不適過去後，我才抬頭細細打量起四周的景致。此刻我們已從森林轉移至一座小山丘上，鳥語花香的環境令我深切感受到我們眞的離開那片死寂的森林了。

緩緩向我走來的卡利安，步伐明顯比我穩健得多，可是那張變得蒼白的臉，仍是洩露出他的不適。「那個結晶。」

「喔！」心念一動，由水與火所組成的小小球體，便從左手手背的印記中浮現出來。不得不說，這個設計還滿方便的，不知道能不能把行李也依樣畫葫蘆地塞進去呢？

「那是因爲晶球與印記同爲對方力量的凝聚之物，這才能夠融合爲一體。身爲月之女神的契約者，請別做出破壞月神威名的蠢事。」

女神的話，瞬間扼殺了我嘗試把行李往印記裡塞的念頭。

此刻，我們首要的目標，便是爲珍珠取得能消除結界的魔獸之心。

說到這顆大名鼎鼎的寶石，它的背後有著一則很淒美的故事……

傳說，很久很久以前，有一頭長得非常醜陋的魔獸愛上了一名美麗的公主。日夕思念，魔獸摘下森林裡最漂亮的花朵，鼓起勇氣想要送到公主手裡。

然而魔獸的樣貌實在太醜陋了，當牠把握著花朵的手伸至公主面前時，一直守護著公主的騎士誤以爲這頭醜陋的怪物想要攻擊公主，便向魔獸拔劍相向。最終魔獸慘死在騎士的劍下，卻成就了騎士與公主的姻緣。

當騎士從魔獸體內剖割出魔核時，艷紅的魔核卻分裂成兩顆閃亮的紅寶石。堅硬、美麗，就像魔獸那顆破碎的心。

「怎麼了？」看到我呆站著沒有動作，卡利安那充滿不耐的聲音再度傳來。

在回憶著魔獸之心傳說的同時，我察覺到一個很嚴重的問題。「呃……你知不知道這東西該怎樣使用？」

我明顯看到卡利安的額頭瞬間浮現出數條青筋！

在男子爆發以前，我立即大聲辯護，試圖做垂死的掙扎，道：「那也不能全怪我啊！當時你也在場，不也是沒有詢問珍珠嗎？」

卡利安冷冷地凝望著我，一言不發。在他的怒瞪下，我的視線不禁心虛地飄移起來。

好吧！我承認與珍珠契定印記的人是我，卡利安雖然也有責任，可是絕大部分的錯誤都在我身上。

「對不起……」

「妳認為道歉有用嗎？」

「嗚……」

垂頭喪氣地把玩著手中的晶球，裡頭的水與火焰根本就看不出有什麼機關。

「嗯？火焰的形狀……好像拉長了點？」本來聚集在中心位置的火光，不知不覺間變得修長起來，似乎還有繼續拉長的趨勢。

卡利安也總算移開惡狠狠瞪著我看的冰冷視線，轉而觀察著火焰的變化，這讓我鬆了口氣。

變幻著外型的火焰逐漸成形，很快地，由火光所形成的箭尖、羽尾等形狀慢慢

展現出來。這團不規則燃燒著的火光，竟凝聚成一支箭矢的形狀！

「我知道了！魔獸之心所在的位置，必定在箭尖所指的方向！」太好了！根本就是一目了然嘛！

可是珍珠彷彿怕我們看不懂，又或只是單純想要嚇嚇我們。剛凝聚成箭矢形狀的火焰忽然火光大漲，竟如眞正的箭矢般，射出一道由火光組織而成的箭影。劃過上空的火焰箭不單射向位於遠處的山脈，更爆發出一道直衝天際的火光！

「這絕對是在耍我們的吧？」火焰箭明顯是焰魔花火的力量，雖然她態度從一開始便很不友善，可是我們好歹也是在替她們賣命耶！搞出那麼大的騷動，眞的沒關係嗎？

唯一值得慶幸的，就是火柱所在位置與我們相距不遠，中間只隔了一座城鎭。顯然那道元素之門的座標定位得非常成功，並沒有把我們傳送至太遙遠的地方。

記下火柱的位置後，卡利安便把注意力移至我們必須通過的城鎭上。「竟是無序之城嗎……」

「咦！這兒就是無序之城!?」驚訝地睜大雙目，觸目所及，這座城市與普通城鎮根本沒多大區別，然而這兒卻是馳名整個大陸的地方。就連只有在王城與南方居住過的我，對無序之城的名號也是久仰大名、如雷貫耳。

這城鎮位於菲利克斯帝國的南方邊界，卻不歸帝國管轄。不是帝國不想理會，而是根本就管束不了。

這區域大大小小的勢力足有百多個，分別瓜分了城鎮所有領土，彼此間競爭不斷，每天都有舊的勢力被吞併，也有新的勢力產生。這種混亂的狀況持續了數百年之久，以至於人們早已遺忘了這座城鎮的眞正名字，都稱它爲「無序之城」。

這裡居住著最富有的貴族，也有最低賤的奴隸。只要運氣好，貧窮的人可以在這兒獲得驚世財富，一夜致富並不是神話；然而運氣不好，也可能會在這裡失去一切，甚至是寶貴的性命。

當然，這兒名義上仍是屬於菲利克斯帝國的領地，王城總要派任貴族前來駐守。可是這些從王城來的領主，要不是收取了各方勢力的利益與對方狼狽爲奸，便是不久後便傳來因疾病或意外而致的死訊。

這種混亂的狀況，直至現任領主賈斯特男爵上任以後才有了轉機。

這位男爵大人年僅二十五歲便得到了這個封地，至今已駐守在這兒十多年了，而且混得有聲有色，絕對是個不簡單的角色。

雖然在王城中，有不少大臣看這個無序之城的領主不順眼，有些人認為他坐擁億萬金銀，背叛了國家的信任，也有些人單純只是眼紅對方獲得如此豐裕的利益。可是就我來看，卻是滿佩服這位賈斯特男爵的。承繼了沒落家族的爵位，這個男人的背後本就沒有有力的後台，卻能在無序之城這種凶險的地方站穩陣腳，手段之厲害可想而知。

何況這位領主每年也向國家上繳一定的稅收，當然，以無序之城的眞正收入來說，這實在是九牛一毛，可是相較於來自其他城鎮的稅收卻是多太多了。若把這領地交給那些只懂抨擊別人成果的貴族打理，只怕能不能活到繳國稅那天都還是未知數呢！

先前便曾想過，有機會的話一定要到無序之城見識一番，卻想不到會在這種狀況下來到此地。

此刻身為通緝犯的我，畫像只怕早就張貼至全國了吧？無序之城更是傭兵、獎金獵人、流浪劍士等亡命之徒的聚集地，顯然維持原貌進去絕不是個好主意。

握住由魔法所幻化而成的髮絲思量片刻，我向卡利安交代了聲，便往叢林中走去。

藏身在樹幹後，我輕聲唸起一段短促的咒文，一頭長而柔順的月色秀髮頓時消失無蹤。

幸好先前沒有忘記詢問克里斯解除魔法的咒語。

「維斯特」可說是我的祕密武器，其重要程度只略遜於小海燕。如果可以，我並不想讓這個身分曝光，尤其是暴露給敵方主帥卡利安知道。

然而頂著這頭顯眼無比的長髮，在無序之城這種地方絕對無法矇混過關。與其現在便被人抓去領獎金，還是先度過眼前的難關再說。

看到我頂著一頭清爽的短髮現身時，卡利安那藏於鏡片後的眼神頓時變得很複雜，複雜得令我完全捉摸不到他此刻的想法。

好像有點驚訝、有點惋惜，甚至有點尊敬……我想我果然是太累了……

「妳是怎樣把頭髮染色的？」那種神情一閃而逝，當我想再看真切一點時，青

年已變回了那副不可一世的高傲模樣。

「商業機密。」聳了聳肩，我當然不會傻得把克里斯的事情告訴對方。「現在可以出發了。」

大概也預想得到我不會說實話，因此卡利安並沒有追根究柢地追問下去。俐落地轉身，青年淡淡說道：「走吧！」

爲免惹來無謂的麻煩，卡利安早就拿下別在胸口的家徽，一身高檔用料的軍服也因連番戰鬥而沾滿泥濘，早已分辨不出原本的顏色，看起來實在狼狽得很。

可是男子仍舊一如以往般冷俊高傲，彷彿身上所穿的是簇新筆挺的禮服。那是一種從骨子裡散發出來的自信與貴族氣息，是只有接受過高等教育，以及多年身處高位所培養出來的氣勢，這是一般平民百姓絕對無法模仿的。

發現我沒有跟上去，卡利安不耐煩地回首道：「怎麼了？」

頓時，那身高貴冷傲的氣質立即出現裂痕，變得欠揍得很。這令我暗暗鬆了口氣，畢竟敵人太出色，我也是會有壓力的耶！

ch.5 無序之城

賈斯特男爵早與無序之城的各大勢力達成共識，雖然整座城鎮劃分為不同的勢力範圍，並由掌管該區域的家族管理，可是身為領主的他仍有著統治城鎮的權限，只要沒有損害到自己的利益，基本上這些大家族也會配合城衛軍的管制。

因此，無序之城的城門也與其他城鎮一樣，設置有查核進入者的關卡。唯一不同的，便是這個關卡只要付出足夠的金錢便能通過，防衛的目的形同虛設。

對此我倒沒有太大的意外。對進入無序之城的人來說，這兒的狀況愈混亂愈好。只要混亂，他們便能輕易找到渾水摸魚的機會。進城所付的費用，正是購買夢想的入場券，憑著進去以後名利俱收的美好幻想，大部分人都不會吝嗇這區區五枚銀幣的。

當然也有些人自恃武藝高強，又或是自命清高，堅持要免費進城。這些人的下場如何，就要看領主大人那天的心情了。心情好的話，他們永遠無法再次進入無序之城；若遇上賈斯特男爵心情不好時，那麼他們便會被永遠留在這兒，再也無法活著離開。

我們的身分尷尬，當然不會傻得去挑戰無序之城的規矩，不過是五枚銀幣，無論對我還是對卡利安來說，只是微不足道的金額。

然而，問題是……現在我們二人身上都沒有錢啊！

離開石之崖時，一身華麗的禮服是由潔西嘉提供的，然而那身禮服美則美矣，卻連個口袋都沒有。

後來被卡萊爾所救，換上的傭兵裝備雖然有不少放置小東西的暗袋，但當時卻全沒想過金錢的問題，而且換過衣服後，立即便被魔法陣吸進去了。

至於卡利安，則是在被捕時被諾曼很徹底地搜了身，身上所有東西都在那時候被沒收了。

因此，我們此刻可說是一貧如洗，說是世上最貧窮的王族與貴族也不為過，就連街上的乞丐也比我們富有……

以這種經濟狀況，想要通過城門的關卡，無疑是痴人說夢話。然而，這卻是前往魔獸之心所在地的必經之路，我們不得不想辦法通過。

忽然，一陣騷動的聲音吸引了我們的注意。我們對望了一眼，皆看到對方眼裡浮現的喜色。

雖然討厭卡利安，可是不得不承認，當與這種聰明人成爲同伴時還眞是輕鬆。交換了一個眼神後，我們不約而同舉步往發生騷動的方向跑去。雖然這麼想有點失禮，但這場騷動還眞是天賜良機！

幸運之神還是很眷顧我的，城門的騷動來自於兩隊傭兵團，雙方各自聚集一處對峙著，左邊那隊是個足有四、五十人的團體，全都是體格高大壯健的男子，他們顯然正是鬧事的原凶。只見一行數十人阻塞於城門前，朝另一隊傭兵團囂張地大笑著。他們囂張的舉動不只阻撓了那隊傭兵，更殃及其他想進城的冒險者以及傭兵。一時之間怨聲載道，可惜沒有人帶頭打起來，令我們那趁亂闖進去的計畫胎死腹中了。

被阻擋去路的傭兵團人數只有五人，年紀全都是只有二十多歲的年輕人。當中男的俊朗、女的艷麗，竟是個俊男美女的集團！

這五人雖然年紀輕輕，倒也沉得住氣，面對對方阻擋城門的舉動也不見動怒，只是一言不發地冷眼相向。

「嘿嘿！幾位俊美的小伙子，我堂堂『滅元』傭兵團第十五小隊分團長，只是想邀請你去喝杯酒而已，不會連這樣也不賞臉吧？」大叔傭兵團的領頭大叔，對著面前那名顯然也是首領人物的俊美少年淫笑道。

難怪我總覺得這傭兵團的團徽怎麼這麼熟悉？原來是惡名昭彰的「滅元」傭兵團啊……

聽到這裡，綜合那個分團長的下流神情，以及來自我個人的合理猜測，顯然那位中年大叔看中了少年的「美色」，邀約不果便想要以武力相脅，軟的不行便來硬的，打定主意定要把這絕色美人弄到手！

平心而論，眼前的少年唇紅齒白，微鬈的金髮配上白皙得過分、一點兒也不像傭兵所擁有的雪白肌膚，以及彷如大海所凝聚而成的藍色眼珠，就連素來看慣美男子的我，一時間也免不了受到強烈的視覺衝擊。

可是無論對方如何美麗，也終究是個男的吧？兩個大男人……而且還是虎背熊腰的大叔與唇紅齒白的俊美少年……美人與野獸的組合！

少年滿身的美人氣質給我一種很熟悉的感覺，仔細一想，不正與我男裝扮相的維斯特超級相似嗎!?看中年大叔那滿臉著迷，只差仍未噴鼻血的齷齪樣子，我上前

調停的決心立即動搖了。

萬一他也相中我那怎麼辦？維斯特的相貌可是比這名美少年更優啊！

一旁的卡利安卻沒有我的顧慮，舉步便往滅元傭兵團走去，並囂張無比地說道：「讓開！你礙著我的路了！」

眞佩服他能說得那麼理直氣壯，如果對方眞的願意乖乖讓道，隨即城門的衛兵要和你收銀幣，我看你怎麼辦！

前一秒還在裝狠，下一秒卻在眾目睽睽之下交不出進城費，這很丟臉耶！

然而事實卻證明是我想太多了，大叔「很合作」地向卡利安咆哮道：「沒看見老子正在辦事嗎？閃邊去！不然別怪我不客氣！」

大叔把姿態放得很高，一整個就是高傲。他的話才剛說罷，數十名高大威猛的「滅元」成員便不約而同地踏前一步。不難想像只要卡利安再不識相，他們便會立即爲首領代勞，把人轟出去。

不過對方高傲，卡利安卻更傲，自小看著這傢伙的鼻孔長大，我很清楚光是比拚高傲的話，十個大叔也不會是伯爵大人的對手。

面對「滅元」的威嚇，男子卻是理也不理，毫不動搖地衝上前，這更爲傲氣的舉動頓時把大叔激怒了。

卡利安的性格雖然很討厭，可是他卻不是那種單純倚靠身分而作威作福的貴族，這個男人自有他驕傲的本錢。因此，我很放心地站在一旁做壁上觀，完全沒有插手幫忙的意思。

然而，當卡利安自信滿滿地把手伸至腰間時，流暢的動作卻猛然一頓。

這時我也想起來了……卡利安的佩劍，在被捕時已被諾曼沒收了說……

看到卡利安的動作，眾人也同時留意到令他瞬間停頓的原因。「滅元」等人頓時哄然大笑，那名中年大叔更是不屑地卸下防禦姿勢，向卡利安做了個下流至極的手勢。

他們都太小看卡利安了！如果這傢伙只有這種能耐，也不會被我視爲棘手的敵人。就連不擅長體術的我，憑藉驚人的速度，也足以令大叔死得很難看，更何況在皇家騎士長的體術排名中，只是略遜於利馬而屈居第二的卡利安？

別看這傢伙外表瘦弱，又充滿貴族子弟的傲氣與高貴氣質，他可是招招直擊敵

人死穴，出手狠毒得很，就連指導自己麾下騎士練習時也是這副樣子。因此練習體術時，大家寧可找利馬也不願找他。

畢竟利馬打得再狠也只是皮肉之苦，頂多十天、八天下不了床；可是與卡利安練習，卻是肉體與精神的雙重打擊，雖然練習時他不會眞的把人廢掉，往往那些叉向咽喉的手指，又或是踢向下體的攻擊，總是在最後一刻才停下來，但這些都是擊中就不得了的要害耶！誰知道他是不是每次都能掌握分寸，及時住手？

現在，我很榮幸地親眼目擊到，卡利安不留情面地攻擊，到底會造成什麼效果了。

就在大叔失去戒心的瞬間，卡利安猛然衝進大叔懷裡，隨即手肘狠狠劈向男子的胸口，頓時傳來一陣肋骨斷裂的聲音。隨即青年反身以左手切向大叔脖子，並且右腳從對方胯下用力踢去，大叔龐大的身軀便如同大型風車般，凌空轉了一圈後，這才重重摔跌在地上。

數個動作敏捷流暢，眾人才睜大眼想看清楚時，對戰便結束了。我憐憫地看了看倒在地上一動也不動的大叔，心想他即使保住性命，男人的那玩意兒應該也廢掉了吧？

看卡利安輕鬆地拍了拍手，並仰首傲視四周，我百分之百肯定青年剛才摸向腰間後的慌亂神情絕對是裝的！

我不禁小聲嘀咕道：「有必要那麼狠嗎？以你的能力可以輕鬆獲勝吧？這個人也沒做出什麼太過分的事，只要教訓一下就好了。」

卡利安冷冷說道：「若下手不狠一點，又怎能獲得震懾的效果？何況看他的神情，就知道這男人平常沒少做過這種傷天害理的事。那些受害者並不是每次都這麼好運遇上我們，廢掉他正好一了百了。」

呃……也對啦！畢竟沒有我們的出現，現在這位美少年的貞操可就難保了。

注意到我的視線，美少年回以一個清麗到極點的美麗笑容，看起來的確是很賞心悅目，可是一想到對方身爲男性，卻擁有比女人還漂亮的臉，我總有種怪異的感覺。

說來也奇怪，若論長相，狐族青年安迪比他更爲美麗，但卻不會令我產生這種違和感。

察覺到我的不自在，對方倒是落落大方地笑道：「你好，我是喬。生成這副樣子我也沒辦法，看久了便會習慣的。」聳聳肩，青年笑嘻嘻地舉起拳頭，狀似親暱地輕輕往我肩膀敲了一下，道：「謝謝你們的幫忙，尤其是胯下那一擊，眞是大快人心呢！」

我有點訝異地眨眨眼睛，對方不說話時是如此清雅脫俗，看起來就像不染一絲世俗塵埃的模樣。怎料一說話，那種脫俗的表象便立即破功，完全是一副嘻嘻哈哈、沒有心機的樣子。雖然有點輕佻，可是自來熟的天眞性情卻令我討厭不起來。

「老大！」

「滅元」的成員總算從震驚狀態中反應過來，立即手忙腳亂地衝上前，把倒地不起的分團長扶起。我偷偷瞄了一眼，那塊傭兵必備、用來護住「某部位」的護甲，竟然在卡利安的右腳攻擊下，被踢得整塊凹掉！

啊啊……果然是重傷啊……想要重振雄風應該是不可能了……

身旁美少年的反應更乾脆，看到大叔的慘狀後，神清氣爽地勾起唇角，顯得愉悅得很。

對方這種幸災樂禍的眼神，徹底把先前的形象擊碎成漫天星星，在這優雅的皮相下，顯然隱藏了一條惡魔的小尾巴，偶爾會露出來猛搖一下。

我貼近一點興高采烈的喬，小聲說道：「我說兄弟，我們好歹也算是救了你，還順道娛樂了大家，看在這個份上，能先借十枚銀幣嗎？」我也沒要求得太多，十枚銀幣剛好足夠我們進城。至於進城以後的支出我並不擔心，因爲在我眾多投資項目中，正好有間藥劑店就開在無序之城裡！

投資無序之城時，我遇上了一點麻煩，後來拿出多提亞送我的家徽，以帝多家族的名義這才把事情擺平。加上這間藥劑店帶來的利潤實在不少，以至於一向對自家投資沒有多留意的我也記得很清楚。

只要能夠順利進城，便不再須要爲金錢擔憂，順利的話還能獲得一些無序之城的小道消息。打探情報也是我開設眾多產業的其中一項原因，現在總算能派上用場了。

「十枚銀幣不夠。」卡利安很不客氣地插話，卻被我用手肘打了回去。

喬被我們逗樂了，爽快應道：「沒問題！就先借你們十枚銀幣吧！若是你們沒

地方落腳，還可以暫住我家。」

我心念一動，喬這句簡單的話，實在洩露出太多訊息。聽這位美少年的語氣與內容，他在無序之城的地位似乎不低。

就在我們談話之間，滅元的人已把大叔妥善安置好。只見數十人拔出武器，顯然一副不殺掉我們誓不罷休的樣子。

進城的目的已經達到，我也沒有心情再與這群烏合之眾玩了。背著卡利安等人的我，用身體遮掩住他們的視線，悄悄從懷裡掏出創神的徽章揚了揚，滿意地看到滅元等人瞬間變得蒼白的臉。

「滅元」與「創神」齊名並排於傭兵界裡，雖然整體實力不分上下，可是「創神」卻是一個只有十多名成員的傭兵團。也就是說，創神十多名成員的實力總和，相等於滅元整整三千人的實力！

如此推算起來，滅元的其中一個小小分隊，對上身爲創神成員的我，那不是討打嗎？

何況滅元團員人數眾多，一個小分隊對他們來說根本不算什麼，只是一些隨時可以捨棄的小角色。可是創神的團長，也就是伊里亞德那傢伙，卻是出名護短的狠角色。

也就是說如果大叔他們戰敗，可別妄想滅元會出面替自己報仇，高層絕不會爲了區區數十名團員而與創神衝突；然而，若是戰勝了，下場只怕更糟，不久後必定會遭受創神全員出動的報復，承受創神團長的怒火。

「呵呵！剛才只是一場誤會而已。請、請進！」其中一名滅元團員見機快，原先充滿殺氣的臉立即轉換成諂媚的笑容，刀刃也識趣地垂向地面。

隨即其他傭兵也醒悟過來，全都不約而同地收起武器，並且讓出一條道路。

「妳是怎樣辦到的？」卡利安皺起眉。

喬以及他的同伴也驚疑不定地看著我，目光中滿是探究的視線。

我聳聳肩，對卡利安的詢問避而不答，笑嘻嘻地向喬攤開掌心，道：「你答應我們的銀幣呢？」

察覺到我不想多說，卡利安不高興地皺起眉，喬等人則是好奇地盯著我看，然而卻全都很識趣地沒有繼續追問。

微笑著走到城門前，喬俏皮地笑道：「銀幣我當然會給，而且你們還可以省下來。若是想進城，只要跟著我進去就可以了。」隨即，喬惡作劇般向我眨了眨眼睛，便舉步走進城裡。

一直站在城門前駐守的警備軍，面對擦身而過的少年竟然不加阻攔，沒有上納銀幣的喬，輕輕鬆鬆便進城去了。隨即他的同伴也一臉自然地往城裡走去，依舊沒有任何守備軍阻攔。

常年進出無序之城的傭兵全都對眼前的異狀無動於衷，顯然喬這群人不交稅金進城已經不是第一次了。一些首次進城的人看不過去，出言抗議，眾士兵卻面無表情地向這些人小聲地不知說了些什麼，隨即那些人看喬他們的眼神立即變得不同了，並且全都停下抗議的動作，眼神中滿是忌憚。

雖然以我所在之處無法聽到士兵們說的話，但也猜得出喬在無序之城中擁有崇高的地位，我甚至把這名少年與那以鐵血手腕統治無序之城的男爵大人聯想在一起了……城衛軍是直屬於領主的勢力，即使是各大家族的成員，出入城門時也要乖乖交稅。這名少年能帶著同伴自由出入，與賈斯特男爵絕對關係匪淺。

滅元等人此刻的臉色已不是蒼白，而是變得鐵青了。同時間得罪創神以及賈斯特男爵兩大勢力，他們必定後悔得連腸子也鐵青了吧？

「怎麼了？還不快點進來？」有點惡作劇般地看著我們二人驚訝的樣子，我彷彿又看到美少年那副不食人間煙火的表相下，一條小惡魔尾巴悄悄地伸了出來搖啊搖的……

「維斯特，你們要不要來我家暫住？住多久都可以喔！」進入城門後，喬很友善地向我們講解了無序之城的基本勢力分布，以及一些該特別注意的禁地後，便再度向我們發出邀請。

「呵呵！你是指領主府嗎？」我笑了笑，卻幾乎已肯定了這個問題的答案。

「我的確是城主的兒子，這在無序之城中並不是什麼祕密，大家都知道領主大人有個喜歡混傭兵的兒子。不是我自誇，老實說，我當起傭兵來，實力可是相當不錯的。」聽出我話裡的試探，喬也沒有矯揉作態，爽快地承認了我的猜測。

他的同伴笑罵道：「行了吧？哪有人這樣自吹自擂的？不過你這小子的身手確實不錯。」

看著他們數人笑嘻嘻的，沒有一點兒因身分而產生的芥蒂，心頭不由得生起一陣溫暖，也益發想念那些不知身處何方的同伴們。

多提亞應該已順利被克里斯救走了吧？混在叛亂組織的利馬與夏爾，希望得知我失蹤後，能夠冷靜點不要鬧事，乖乖到南方去接應妮可就好。

雖然我覺得要這兩名惹禍精不要惹事，實在是很渺茫的奢望……

至於失蹤良久的伊里亞德，這傢伙絕對是打不死的小強，因此我壓根兒完全沒為他擔心過。

除了依舊一副鼻孔朝天的模樣，不知道到底在高傲什麼的卡利安外，大家都是很健談的年輕人，彼此間倒是相處得很愉快。

這隊只有區區五人、名為「玫瑰」的傭兵小隊，全都是俊男美女，倒配得上這個以花為名的美麗名字。喬是名劍士，同隊的還有兩名男性——牧師與一名重劍士；女性成員則是美女魔法師與盜賊蘿莉。人數雖少，卻五臟俱全，是支標準的傭兵小隊。雖然成員們全是年輕人，可是他們的言談卻透露出擁有豐富的冒險經驗，顯然全是資深的傭兵。短短一段路程已令我獲益良多，隱隱生出結交的念頭。

閒聊間來到一處十字路口，喬要先回領主府向父親報聲平安，他的同伴則到傭兵公會領取獎金，於是雙方都把詢問的目光投至我們身上。在喬再次邀請我們暫住領主府的同時，她的同伴也向我們提出同行的邀請，一時之間，我與卡利安成了炙手可熱的搶手貨，也不知該答應誰才對。

卡利安立時便下了決定，道：「我與你們同行往傭兵分部吧！接下來的事需要好好打聽一下。」

樂得把對方支開、好自由活動的我，連忙一口答允道：「那我和喬到領主府好了。」

青年皺起眉，顯然覺得我的選擇有偷懶之嫌。不待他發話，我便以只有對方聽得到的音量小聲說道：「打聽魔獸之心的事情就拜託你了。我好歹也是個嬌滴滴的公主嘛！到傭兵分部這種地方不太方便吧？」

卡利安挑了挑眉，也以同樣細小的聲量回以一句，道：「我不認爲殿下會在意這種小事。」雖然他話是這麼說，可是卻也沒有堅持非要我同行不可。因此我向對方丟了記大大的白眼，對他的揶揄裝作沒聽到。

待眾人走遠後，我一臉諂媚地向喬笑道：「其實我也有點事要辦，我看不如……」

喬擺擺手道：「知道了、知道了，不就是利用我來敷衍卡利安嘛！這麼說來，難道你們不對盤？」

豈止不對盤，簡直就是死對頭嘛！

「呃……算是吧！」

「我就知道。」喬聳聳肩道：「要我替你瞞著他也行，反正比起卡利安，我比較喜歡維斯特。要不然這樣吧！領主府今天晚上會舉行宴會，只要你答應我準時出席，那麼我就幫忙。」

我笑著伸出小拇指，道：「一言爲定！」

看到我那孩子氣的動作，喬莞爾一笑，也伸出小拇指與我輕輕一勾，道：「說好了喔！」

ch.6
藥劑店・月桂花

告別了喬，我拿著玫瑰傭兵團贈送的地圖，輕易便找到目的地。

仰望藥劑店宏偉的建築，看著絡繹不絕的人流，初次來到自家名下產業的我，像個鄉巴佬似地張開了嘴，驚訝的神情頓時引來路人的鄙視。

沒辦法，我本來就對商業方面的事不太關心，一向全權交給妮可處理。雖然也知道這間藥劑店在無序之城經營得有聲有色，可是我一直以爲只是多賺了點錢罷了，畢竟在無序之城這種地方，商店能站穩陣腳就已經很了不起，又怎會料想得到竟然會出色成這個樣子？

不過，一想及這兒販賣的是稀有珍貴、有價無市的藥劑時，這一切又頓時變得理所當然了。

魔法能有效地治療外傷，以夏爾爲例，只要擁有足夠的晶石，每天摔倒十次八次也絕不是問題，只要消耗一點魔力及晶石，立即又可以變得生龍活虎，繼續闖禍了。

然而魔法卻不是萬能的，雖然能治療傷勢，但對付疾病卻沒有太大的功效。即使是最強的終極治癒術，也只能延緩病情，令患者感到舒服一點。要有效地治療惡疾，以各種珍貴材料所調配的藥劑，無疑是最佳選擇。

金錢永不及性命來得重要，當人患上危及生命的疾病時，是絕對不會吝惜金錢的。更何況調配藥劑本就是門深奧無比的學問，沒有在醫學上苦修鑽研多年，是絕對行不通的。這些珍貴的知識多是家傳絕學，由於承繼者不多，很多珍貴有效的藥方，往往也敵不住時間的洪流而消失於世上。

正所謂物以稀為貴，更何況藥劑時時刻刻與人的性命相連。這也是為什麼治療疾病的藥劑，會如此珍貴。

五年前遷移到南方定居時，我曾遇上因沙暴而流離失所的荒民。那時候看他們可憐，便出錢買了一片土地來安置他們。想不到卻發現這個來自荒野的民族，他們族群中所尊敬、有著崇高地位的巫師，竟全是一群擁有高度醫學知識的藥劑師！

於是順理成章，既想賺取金錢改善族人生活，同時也順道報恩的巫師們，便以藥劑師的名義，成為我旗下的員工，開設了這間名為「月桂花」的藥劑店。五年來竟然讓他們經營得聲名遠播，有不少貴族千山萬水、遠道而來，只是為了買取一帖救命的藥劑。

「你在發什麼呆？不進去就讓開吧！你礙到我了。」

訝異地轉身一看，身後是數名滿臉不耐、衣著奢華的富家子弟。其實店鋪的大門很寬敞，再站五個我也無法塞住滿，不過本著多一事不如少一事的想法，我還是側身讓了讓位置，說了聲抱歉。

爲首與我說話的一名富家子弟，在看到我的長相時略微愣了愣，隨即露出顯而易見的嫉妒神情。然而，目光在掃及我一身低階的傭兵打扮時，卻又變成了輕蔑與不屑，就像看到什麼污穢的東西似地。

「我說你這小子不是來惹事的吧？看你這身衣著，不要說是昂貴的藥劑了，就連那些盛放藥劑的玻璃瓶也買不起吧？」其中一名富家子弟揶揄道。

我環顧四周，果然，進入店鋪的人看起來全都是非富則貴的人，不是慕名而來的貴族，就是無序之城中的大家族成員，再不然也是一些一看就知道是絕世高手的武者。像我這種只有「相貌出色」的小傭兵，此刻還眞是與四周格格不入。

遭人如此輕蔑，感覺當然好不到哪裡。老實說，由於目前不得不與卡利安同行的處境，我內心的不爽指數早已經飆升至最高點。要不是理智告訴我現在不是惹事的時機，我倒還眞的很想暴打這些囂張無比的富家子弟一頓，好發洩一下近期陸續累積下來的怨氣。

不高興地抿起了嘴，卻沒有做出任何反駁的我，一言不發地轉身便走，絲毫不理會身後那些正興致勃勃等待我反應的青年。

大概是想不到被他們羞辱一番的賤民竟然如此不給面子，完全不把自己當一回事，那名原本滿臉得意的貴族子弟輕易便被我轉身的動作激怒，道：「站住！本少爺的話還沒說完，誰說你可以走了？」

我皺了皺眉，開始考慮反正現在有喬做靠山，是不是該先把這個討厭的傢伙打趴，再在那張囂張無比的臉上踩兩腳再說？

「約翰，這兒是尊貴的藥劑店，你在大門大吵大鬧成何體統？」出乎意料之外，就在我正想動手把那名不停發出噪音的富家子弟暴打一頓時，他們的首領、也就是那名最先與我說話的青年發話了。「這位兄弟，只怕你是初次前來光顧這間『月桂花』吧？根據這兒的規矩，爲了保障一眾尊貴的藥劑師的安全，所有初次光顧的客人都須先進側門登記。」

「喔，是這樣嗎？抱歉。」對方不說我還眞不知道有這條規則。不過看他們那種想把我這個賤民除之而後快的態度，即使不動用我那百試百靈的直覺，也絕對肯定他是在說謊！

視線轉向他們所說的側門，我那雙紫藍眼眸不自覺地訝異睜大。

木質側門看起來平凡無奇，可是我卻能看到一道由魔法元素組成的結界，正守護著門後的空間。看那閃耀著紅光的結界，顯然正是以攻擊聞名的火系元素，要是我眞的聽他們所言，傻傻地觸碰這道木門，下場必定淒慘無比。

想到這兒，我眞的怒了。自始至終我都沒有得罪過他們，只是這些自以爲是的富家子弟看我不順眼，犯得著這麼狠嗎？

愈想愈氣，把心一橫，便於心裡默唸著詢問：「女神大人，這道結界以我的力量能夠解除嗎？」

似乎早就在等待我的詢問，女神大人的嗓音透露著看好戲般的興高采烈，說道：「當然可以。這種小結界不用我出手，單單依靠妳的眼睛就能輕易解除了。」

獲得滿意的答案後，我在眾富家子弟看好戲的目光下，緩緩走到木門前，並且如他們所願地伸出了手。一些旁觀路人想出聲阻止，卻在眾青年的警告眼神下，驚惶地把正要說出口的警告吞回肚子裡，只向我投以憐憫、同情的眼神。

然而，令所有在場人士跌破眼鏡的是，本該被烈火燒成焦炭的我不只毫髮無傷，甚至還順利地打開木門，輕輕鬆鬆地走了進去。

在木門關上的瞬間，我再也忍不住大笑起來。不論是那些富家子弟還是旁觀的路人，他們的表情實在太逗趣了，害我眞的有點擔心他們凸出來的雙眼能否塞回去，又或是下巴是否會脫臼……

在別人眼中如此不可思議的事，其實說穿了根本就沒有任何花巧。所有魔法陣都有著稱爲「陣眼」的一點，這地方是整個法陣力量的泉源。我只是用與生俱來的好眼力，找出魔法陣的陣眼，隨即便依照女神大人的教導，驅使小海燕繞過一道道機關，最終攻向陣眼所在位置，輕而易舉地便把這個簡單的結界解除掉了。

不過，雖然可以吐氣揚眉一番，順道看到外面那些傢伙震驚的模樣是很爽沒錯，但「月桂花」的結界那麼弱沒關係嗎？以特意設立結界來守護這點來看，木門後方應該就是藥劑師們的實驗室吧？

「笨蛋，妳別看這道結界如此輕鬆就能解除。難道妳認爲誰都能像妳一樣看得見魔法元素，並且擁有能夠隨時給予妳意見的守護神明？只要結界的解除出現任何一點錯誤，又或是延遲哪怕一秒鐘，便會引發其他位於暗處的魔法機關。」女神大人毫不放過任何機會來取笑我的天眞。

可是女神大人，您確定眞的隨時都給予我意見嗎？基本上十次有九次妳都不理會我！

看！她又不理我了。

就在我心裡不斷吐槽之際，一名高大威武的荒族男子忽然從黑暗處衝出，暴喝一聲後，迅速拔出腰間的武器，並把劍尖指向我，高大的身軀守護在一道鋼質大門前，緊張地盯著我的一舉一動。

「麥基！」我雙目一亮，面對充滿敵意的巨人，不單沒有絲毫驚惶，反而興高采烈地迎了上去。

看到我這個非法闖入的「陌生人」喊出自己的名字時，男子眼中的敵意減弱了些，露出了些許疑惑的神情。然而卻未因而放鬆警戒，指向我的劍尖依舊沒有移開

半分。

我愣了愣，才想起此刻的外貌經過變裝，早已由當初的公主模樣，變成了英姿颯爽的傭兵青年，差距如此巨大，也難怪麥基一時之間認不出來。

我微微一笑，仰起臉，讓牆壁發光的晶石照亮我的容貌，說道：「怎麼了，麥基？還認不出我是誰嗎？」

在晶石的螢光下打量了半晌，男子疑惑的神情漸漸散去，卻換成一臉見鬼了的表情，道：「四殿下!?」

一種惡作劇得逞的成就感油然而生，我朝目瞪口呆的麥基揮揮手，爽朗地打了聲招呼：「嗨！」

然而我的得意還持續不到兩秒，瞬間便覺眼前一花，四周景物不住倒退，卻是麥基一把拉住我轉身便往內跑。後來男子因不滿這種拖拖拉拉的動作，更乾脆把我攔腰抱起，連串的動作一氣呵成，即使是綁架案的慣犯也要自嘆不如。

在我反應過來後，已是被麥基「挾持」著狂奔的狀態。無奈地聳聳肩，我自顧自地調整著姿勢，好讓自己舒服些，便任由對方折騰去。雖然這個姿態實在挺不雅

的，然而我此刻的身分是維斯特，並不是四公主西維亞，反正又沒有別人看見，既然有人代步，我也樂得清閒。

麥基挾著雷霆萬鈞的氣勢衝向走廊盡頭的大門，面對這道鋼造大門，男子竟然全沒減速之意，而是很乾脆地舉腳一踢，「砰」地一聲巨響後，荒族數十位巫師便出現在我眼前。

這些尊貴的巫師——現在應該稱呼他們爲藥劑師大人了，全都被突如其來的巨響嚇倒。好幾名正在調配藥物的藥劑師，更是很不幸地立即宣告失敗，不是嚇得把手中的玻璃瓶連同裡面的藥劑摔破在地，就是翻倒珍貴的藥材。一名攀登在木梯上想取東西的藥劑師最不幸，直接嚇得從高處墜下，幸好下方正巧堆放著使用量大的低價藥草，這才沒有讓這名尊貴的藥劑師受傷。

看到室內堪稱雞飛狗跳的情景，我忍不住很沒良心地「噗哧」一聲笑了出來。

「麥基！你最好能給我一個合理的解釋！」荒族的族長、同時也身爲巫師的老人約拿憤怒地轉身，在看到一臉悠然安坐在麥基手臂上的我時，遲疑了一會兒，臉上神情顯然是覺得我很眼熟，卻又想不起我是誰。「這位客人是？」

拍了拍麥基的手臂，示意對方把我放回地上。即使荒族的地位目前在大陸上仍舊低下，可是面對一族之長，我還是得該奉上應有的敬意。何況我從來就沒有看不起這個雖然有點落後，卻充分展現出強悍生命力的族群，因此總不好意思繼續高高在上地賴在麥基的臂彎上。

無論身分有著怎樣的差距，與別人說話時，站在相同高度是應有的禮貌，至少我是如此確信著。

看到我的舉動，麥基眼裡浮現出一抹淡淡的溫暖與感動，這讓我鼻子一酸，感到有點難過。荒族的生活眞的過得太苦了，以致這些最基本的尊重，竟然就讓他感動成這副模樣。

仍未認出我身分的約拿，卻是表現得相當冷淡。在看到我的動作後，老人反倒表現出警戒的神情。自從成爲藥劑師後，約拿早就厭惡奉承的嘴臉了吧？在他眼中，我這名突然出現的陌生小子，之所以對荒族出身的他們如此尊敬，也只是因爲他們藥劑師的身分有著龐大的利用價值罷了。

面對這名在發生沙暴時，帶領族人穿越荒野、令人尊敬的荒族族長，我很自然地便想向他致以一個應得的禮儀，卻在雙手觸摸到空蕩蕩的空氣時，才醒覺到自己並沒有穿著禮服。我尷尬地笑了笑，機伶地轉而行了一個男性貴族常用的紳士禮。

察覺到我剛才雙手虛動，露出想要挽起禮服裙襬的動作，老人的眼眉突地一跳，霍然抬頭仔細打量我的相貌。惡作劇心起，我也不說破自己的身分，笑吟吟地任由老族長打量。

很快地，族長疑惑的神情逐漸變得凝重，隨即便是震驚與恍然大悟，情緒轉變之快，看得我不禁膽戰心驚起來，深怕老人家的心臟受不了刺激，承受不住如此大起大落的轉折。

就在我胡思亂想之際，眼前的老人忽然向我深深彎腰行了一禮，一直好奇地注意著我們動向的藥劑師們，雖然認不出我是誰，可是看到自家族長都行禮了，也立即跟隨著躬身行禮。

同時受了數十名尊貴的藥劑師一禮，絕對是前無古人後無來者，就算是國王也沒有這種殊榮。一時之間我被這個盛大的場面弄得一愣，看到我沒有動作，族長他老人家竟然也保持著彎腰的姿勢不動。他不動，身後的族人也不敢動，直至我慌慌張張地扶起族長為止。

早知道會被他們反嚇一跳，我一開始就不該讓族長猜，直接說出身分就好了。作賊心虛地左右看了看，在確定沒有外人看到這幕驚人的場面後，我才心有餘悸地拍了拍心口，一副驚魂未定的樣子。

看到我驚惶失措的表情，老人不禁莞爾，雙眼露出溫暖的笑意。

既然對方已經認出我，那我也不多說廢話，直截了當地表明來意，道：「族長大人，我現在很窮啊！借我一點錢吧！」

也不知道是不是被我這厚臉皮的發言嚇到，不只荒族族長，就連身旁的麥基也露出錯愕的神情，隨即兩人竟不約而同地大笑起來。

看到風燭殘年的族長笑得連氣都快喘不過來，我立即小心翼翼地輕輕拍著老人的背，想替他順氣，怎料看到我慌張的神情後，老族長竟然笑得更誇張，大有一種想要直接把自己笑死的氣勢……

良久，老人才收起瘋狂的大笑聲，滿布皺紋的臉上，卻依舊是一副痛苦與笑意並存的古怪表情。「既不是想要徵用我族的壯丁作為炮灰出戰，也不是想要利用藥劑師的名稱來奪取名利，只是單純想來借取金錢嗎？可是您難道忘記了，這間『月桂花』是屬於您的，四殿下。」

「咦！這少年是四殿下？」

「難怪我總覺得他看起來很眼熟。」

「殿下，您的頭髮怎麼了!?」

一直處於狀況外的藥劑師們，聞言發出此起彼落的驚呼聲。

聽到老人有點驚訝、又有點感慨的喃喃自語，我用比他更爲吃驚的語調說道：

「這間藥劑店的確是我的產業沒錯，可是認眞說起來，各位只是在我的店舖裡工作的員工，並不是我的部屬，大家辛苦工作得來的金錢當然是自己的，與店舖無關。荒族與我只是互惠互利的合作關係，並沒有成爲我的附屬，這一點不是一開始就說好的嗎？」

「會把與荒族訂下的誓約銘記在心的人，就只有四殿下一個人而已。」老人深深地看了我一眼，隨即爽快笑道：「沒問題，這幾年間我們沒什麼好炫耀的，就是獲得的金幣多得可以堆起一座小山。恩人有難，我們當然義不容辭。」說罷，便遞上整個大陸通行的魔法紫晶卡。

看到這張晶瑩剔透的紫晶卡，即使是身爲王室成員的我也不禁呆了。這可是身分的象徵、連我也沒有的傳說中的紫晶卡耶！藥劑師果然是個賺翻天的職業！

身上有錢便立即有自信了，我拿著紫晶卡，喜孜孜地道謝：「謝謝族長！」

老人回以一個和藹的微笑，經過這短暫的交流，這名與我鮮少有接觸的荒族族長眼神中少了生疏的敬畏，卻多了點像是寵溺自家孫女般的長輩情感，這種由陌生變得親暱的感覺，讓我很高興。

「殿下，請別客氣。與殿下在我們遭遇危難時給予荒族容身之處，並給我們一展所長機會的恩情相比，一張小小的紫晶卡實在算不上什麼。老實告訴您，就在認出您是西維亞殿下的瞬間，我早就做好全族出戰，以報答殿下恩情的準備。雖然獲得藥劑師的名譽後，人們對待荒族的態度已不同於往日，然而錦上添花易、雪中送炭難，荒族人的心思單純，可是這個道理我們還是懂的。殿下的恩情，我們會永遠記掛在心裡，絕不會忘記。」

聽過族長的一席話，我也收起笑容，嚴肅愼重地回答道：「只要荒族願意，我

西維亞・菲利克斯，永遠都是荒族的朋友。」

說罷，我收起嚴肅的神情，俏皮又自信地笑道：「我是不會讓我的朋友爲我涉險的，王族的紛爭應由我的力量親自解決，而不是假手於人。更何況，若我不是不願意看到流血與戰爭的話，多提亞與利馬的手上，早就擁有皇家騎士團的精銳戰力了，身爲菲利克斯六世的女兒，我可不是任由別人欺凌的軟柿子喔！」

□

不光是獲得了傳說中的紫晶卡，還得到了各種藥劑師熱情贈送的藥劑，懷著輕鬆愉悅的心情打開大門的我，舉目所見是一眾守在門外、神情震撼無比的觀眾。

想不到這些人竟然一直守在門外沒有離開……似乎是自己無視結界的舉動在看不見元素結構的普通人眼中，太驚世駭俗了點……

故意走到滿臉驚愕的富家子弟面前，我忍著滿肚子的笑意，滿臉誠懇地拍了拍對方的肩膀，道：「走這道木門果然是捷徑啊，直接就能與藥劑師大人面談了，眞是多謝你的提醒呢！」說罷，我還故意拉開斗篷，露出幾支貼身收藏著的藥劑。雖然只是藥劑師們所贈送數量的冰山一角，但已足以讓這些人看得雙眼發直，口水也差點流了出來。

「呃……別客氣……」即使我已重新把斗篷掩上，眾人仍是死命地盯住我收藏著藥劑的位置，雙目露出了既嫉妒又貪婪的神情。若不是顧忌我先前悄無聲息地破解結界的手段，看不透我的實力，我毫不懷疑走出「月桂花」後，絕對會迎來毫不留情的埋伏與襲擊。

看著這些白痴貪婪的眼神，在我故意露出所得藥劑的刺激下，必定會嘗試打開被結界封印著的木門。雖說結界因爲主軸的破壞而威力大減，可是基本的防護功能還是有的，絕對能讓他們不死也脫層皮！

嘴角勾起了陰險的笑容，眼看已離與喬約定的時間差不多了，我便不再理會四周充滿驚疑與探究的視線，瀟脫地轉身往領主府的方向走去。

ch.7 領主府

喬顯然早已交代過有關我與卡利安的事了，在老管家熱情的帶領下，我來到一間裝潢清雅亮麗的房間。

四層樓高的領主府受到護城河的包圍保護，共有四座大塔、兩道閘門，面積雖然不大，但整體設計得非常適合防禦外來入侵。

我心想裡著賈斯特男爵強悍以及斂財的傳聞，本以爲領主府要不是金碧輝煌的模樣，就是守衛森嚴得像座鐵血堡壘。想不到卻遠比我想像中樸素得多，看著在裡面工作的傭人全都帶著發自內心的笑顏，竟給人一種溫馨的感覺。

「喬少爺正在更衣。維斯特大人，這是少爺特地吩咐爲您準備的禮服。」擁有一張慈祥老爺爺臉孔的管家向我交代了聲，便有禮地躬身退下。

我早就發現領主府所有的下人——無論是那些嬌滴滴的侍女，還是剛才那看起來風燭殘年的管家，行走時的步伐都有著一定的律動，顯然受過嚴格的軍事訓練。那一雙雙工作的手穩定而有力，眼光更會狀若無事地掃過四周環境，隨時掌握著整個府內的風吹草動。雖然他們掩飾得很好，但卻瞞不過長期與皇家騎士們相處的本公主。

這些下人，根本每個都是駐守領主府的護衛嘛！

在不知內情的人眼中，這個領主府的衛兵人數少得可憐，駐守的空隙多得離譜，防衛簡直就像處於眞空狀態。可是若因此誤以爲有機可乘，絕對會爲此付出慘痛的代價！

這讓我對那位男爵大人的評價大幅提高，同時也對這位鎭守無序之城多年的領主益發好奇了。

一套熨燙得筆直的白色禮服整整齊齊地掛在衣架上，雖然純白的禮服並沒有太多華麗的裝飾，可是看那合身的剪裁、貴重的衣料，其奢侈程度竟比一般富貴人家的衣飾有過之而無不及。

打發掉想要上前服侍我更衣的數名侍女，確認房內再也沒有其他人後，我才脫下身上的傭兵輕甲。雖然從未穿過男裝禮服，可自小在王城長大的我還懂得該怎樣穿。倒是這套禮服的合身剪裁爲我帶來不少麻煩，在服貼的布料下，屬於女性的身材難免顯露出來。

先前的傭兵裝束一直以輕甲作掩飾，可是此刻身穿的是如此華美的禮服，總不

能再在外頭套上一副輕甲吧？

我最終還是選擇最簡單、同時也是最痛苦的方法，在胸口位置緊緊地纏上幾圈長布。雖然成功遮掩了女性的身分，但強烈的壓迫感也讓我幾乎喘不過氣來。

唉……痛苦啊……幸好只要忍耐一個晚上就可以了。

換上俐落合身的禮服後，我更顯得英姿煥發，看得四名重新被我召喚進來的侍女雙目異彩連連。幸好我終究是喬的客人，她們也不敢過於放肆，只是過於熱情的目光實在讓我很不自在。

跟隨侍女的帶領，我來到一間藏書量龐大的書房。在這兒，我總算看到了這間領主府的主人、無序之城的傳說——賈斯特．希柏林。

年紀輕輕便駐守在無序之城的賈斯特男爵，此時正值壯年，長相算不上很英俊，卻充滿著一身混合了智慧與權力的獨特魅力。歲月並沒有在這個男人的身上留下太多痕跡，反倒是年輕時期經歷的戰役，在他的額上留下一道劃過眉毛、直接延伸至左耳的疤痕。這條傷疤的位置只要稍偏一點，他的左眼便會瞎了，充分可見得當時戰況的凶險，也顯示出要在無序之城佔有一席之地，這位男爵曾付出多大的犧牲與努力。

「請坐，喬很快便會過來了。」翻動著書頁的手向對面座位做了個「請」的手勢，賈斯特男爵微微一笑，神情有禮又和藹。

然而就在他的視線與我接觸的瞬間，一種令人窒息的冷冽殺意就像一把出鞘的利刃般朝我的方向洶湧而來。這是只有沾染過鮮血、真正的軍人才會擁有的凜然氣息。

面對這種實實在在的殺意，心志不夠堅定的人立即便會受不了，輕則雙腳發軟，重則直接昏倒，當眾失儀是絕對免不了的。

然而我可是自小就在軍隊的訓練中長大，正所謂沒當過漁夫也看過別人捕魚，殺氣這種東西我可熟得不能再熟。加上這段被通緝的時間裡走過不少地方，眼界被大大擴展，早已不是當年那名需要多提亞護著才能離開城堡的小公主了。

面對那席捲而來的殺意，我依舊保持著有禮的笑容，不卑不亢地點頭示意道：「謝謝。」隨即若無其事地往男爵虛指的座位上坐下去。

賈斯特男爵以審視的眼神深深看了我一眼，我毫不示弱地回望過去，連眉頭也沒有抬一下。良久，男爵大人忽然笑了，令人無法喘息的壓迫感也隨即消失無蹤，剛才的一切只像曇花一現的幻覺。

思索了一會兒，賈斯特男爵似乎在考慮著什麼，我很有耐心地沒有催促，靜靜地等待對方開口。不期然地，這鎮定淡然的表現，再次獲得男爵大人一個讚賞的眼神。

「喬很難得向我如此推崇一個人，果然是英雄出少年，面對我的壓力竟能面不改色，顯然確非池中之物。」

「男爵大人過獎了。」我緩緩地勾起嘴角，紫藍色的眼眸不禁閃過一絲得意。那可是無序之城的領主耶！他的稱讚可不是能輕易獲得的。

沒有看漏我眼神中透露出的神色，賈斯特男爵莞爾一笑，道：「請原諒我剛才對你的無禮，雖然我身為一名貴族、一位領主，但同時也是一名父親，自然會擔心孩子的未來，害怕他誤交損友；同時也很好奇像你如此年輕的少年，為什麼能獲得喬的青睞，想不到一番試探下來，你卻比我想像中更為出色。」

獲得男爵大人毫不掩飾的讚美，我除了高興不已外，內心卻隱隱有種不妙的感覺。雖然不知是出於什麼原因會有這種莫名其妙的不安，然而我可不敢小看這萬試萬靈的第六感。

仔細一看，賈斯特男爵的善意與讚賞卻是不假的，一時之間我也找不出問題所在，只能將不安藏於心裡，暗自小心警惕。

可是很快地，我便清楚明白這種不妙的感覺到底因何而來了……

書房的木門被緩緩打開，喬面露惡作劇的笑容，姿態優美地出現在我們面前。撩起的長長裙襬下，露出一小截雪白小腳，雖然仍是名只有十多歲的少女，可是身材卻已充滿了女人味，該大的大、該小的小……

不對！

「喬……妳……」我已經驚訝得不知該說什麼才好了。難怪喬的長相不及安迪美麗，可是卻總給我一種陰柔的奇怪感覺。原來她與我一樣，也是個女扮男裝的假男生！

喬輕巧地小跑至我面前，並親暱地挽起我的手臂。禮服的衣袖與裙襬在她的躍動下隨風揚起，令她看起來就如一隻穿花而過的蝴蝶般，俏麗可愛得不得了。「嘻

嘻……是不是很驚喜？維斯特，今天你可要做我的舞伴喔！」

我看了看挽住我手臂、幾乎整具嬌軀都倚在我身上的喬，再看了看目光慈祥溫和，簡直就像在看準女婿的賈斯特男爵，一滴冷汗緩緩從額角落下……

嚇死我了！這不叫驚喜，應該是有驚無喜才對！

然而世事就是這樣，當你認爲震驚已達到人類可以承受的極限，已經麻木得任何事物再也無法影響到自己的情緒時，上天就像故意向你開玩笑般，一個令人極度震撼的炸彈，往往會在這種時候迎面而來。

而現在的我，迎來的就是這種詭異狀況。

仍未從喬那愛慕的眼光中恢復過來，一陣熟悉無比、充滿磁性的迷人嗓音從房門的方向傳來，道：「太令人傷心了呢！那麼久不見，我這名絕色美男子卻被兩隻可愛的小貓咪拒於門外，只能默默承受著獨守空閨之苦。」

我努力告誡自己千萬不要往木門的方向看去，現在的心情完全像是小時候聽過恐怖的鬼故事後，把自己龜縮在被窩中，掩耳盜鈴般死也不肯往外看的情況。

聽到那熟悉的嗓音，「小貓咪、小貓咪」不知廉恥地叫喚，以及那在男爵大人

面前，仍勇於以言語來逗弄對方千金的強大臉皮……即使不用轉身看，這世上也只有一個人符合。

伊里亞德．諾林！

賈斯特男爵不愧爲有本事在無序之城站穩陣腳的人，輕而易舉便從伊里亞德的片言隻字間，聽出了當中的重點，道：「伊里亞德團長，你與維斯特是舊識？」

「啊……熟悉得不能再熟悉了呢！」意味深長的男聲充滿笑意，對方的淡定反應令我感到一陣火大。

我嘆了口氣，要面對的終究還是要面對。做好心理準備後，我憑著大無畏的精神霍地轉身，映入眼簾的，正是預期中那張俊美得人神共憤的英俊臉龐。

看了看軟軟倚在我身上的喬，再看了看笑得戲謔無比的伊里亞德，我不由得感到頭皮發麻，暗自爲自己的貞操擔憂起來。

「說什麼獨守空閨……團長你可不缺舞伴吧？何況今天我的舞伴早已決定了是維斯特了呢！」喬眨了眨眼，笑盈盈地說道。

少女的話讓我不禁沾沾自喜起來。原來這年頭，白淨美少年比伊里亞德這種華麗俊美男子更搶手呢！一想到伊里亞德因為我的存在而遭到拒絕，我便不由自主地在心裡暗爽一番……不對！現在不是想這些的時候！我這名假男生受到領主千金的青睞，怎樣想都很不妙耶！

「時間差不多了，我先失陪一下。喬，別談得太久，舞會差不多要開始了。」闔上手中的書本，賈斯特男爵禮貌性地向我們點頭示意後，隨即便離開了書房。

「糟糕！已經是這個時間了！維斯特，我們先出去露露面、吃點東西吧！」喬驚呼了聲，拉著我便往外跑。衝動的性格顯露出她強悍的一面，長期做為傭兵出任務的她力量可不小，被她纖瘦卻擁有流暢健美線條的手臂一拉，我身不由己地跟著她衝了出去。

完全被喬忽略的伊里亞德無奈地搖搖頭，隨即也跟隨著我們的步伐，離開了書房。

□

相較於樸素的書房，特地裝潢過的舞廳可說是金碧輝煌得不得了。時間已是傍晚，受到邀請的權貴早已陸陸續續抵達，一時之間衣香鬢影，令我有種彷如回到王城般的錯覺。

喬一出現，便像朵遇上蜂群的花兒般，立即引來一群年輕的富家子弟。幸好領主大人在無序之城積威日久，他們倒不敢向艷光四射的喬動手動腳，只能以一臉諂媚無比的神情，圍堵在少女的四周團團轉。

面對這群狂蜂浪蝶的滋擾，喬這位領主千金保持著非常得體的笑容與眾人周旋，然而我卻沒有看漏那雙海藍色眼眸所閃過的一絲不耐，以及投往我身上的求救視線。

雖然不想繼續引起少女的誤會，讓她抱著不切實際的希望與遐想，可是一想及自己以公主身分出席舞會時的可怕場面，那依舊歷歷在目的印象，頓時令我產生了同病相憐的感覺。

無奈地嘆了口氣。算了，就當一回護花使者吧！

「抱歉，可以請你讓開一點嗎？我們無法繼續往前走了。」我露出了充滿氣質、優雅無比的笑容。即使自己看不見，可是看四周小姐們那變成了心形的眼神，也知道我此刻必定帥得沒話說！

那是理所當然的！眼前的公子哥兒不是地方上的小貴族，便是無序之城中那些大家族的子弟，無論氣質與談吐禮儀上，又怎能與自小便接受王室嚴格訓練的本公主相提並論？

「與一群男人相比，妳比他們更受女人歡迎，這有什麼好興奮的？」女神大人涼涼地說了幾句，成功令我的熱情迅速冷卻。

「喂！你這小子是哪根蔥？沒看見我們與喬小姐在說話嗎？」數名衣著華麗的青年立即叫囂起來。

興致勃勃地聽著他們充滿挑釁的話語與威嚇，這種紈褲子弟我看多了，不過以前都是處於被討好的角色，倒是首次與這些人爲了女人爭風吃醋，感覺還眞新鮮。

「傑克，你語氣放尊重點。維斯特是我的朋友，也是我今晚的舞伴，我的事情他當然管得著。」喬很配合地道出我身爲舞伴的身分，更順道親暱地貼近我的身邊，惹得在場青年嫉妒又羨慕地瞪著我，眼神幾乎想要把我生吞活剝。

「妳在這兒做什麼？」

剛依約進場的卡利安，在看我與喬親暱地依偎在一起以後便囧了，難得讓他臉上露出了囂張以外的其他表情，一種另類的成功感油然而生。然而，在看到卡利安那愈來愈黑的臭臉，我小樂一下便開始心虛起來。

「哈哈！這其實是由錯綜複雜的誤會所引致而成的奇異結果。別在意、別在意，大家的肚子也餓了，先吃點東西吧！」打著哈哈，我試圖以傻笑來轉移卡利安的注意力。

卡利安當然不是那麼好打發的，看他的樣子就知道完全沒有受到我的鬼話影響。不過，他也知道現在責備我已於事無補，因此也只是皺起了眉，卻沒有多說什麼。

暗暗吁了口氣，雖然卡利安沒有責怪我，我卻反倒更加內疚。即使這種事並不能全怪我，但也是我考慮不周。然而，卡利安卻只是暗暗地忍受著我帶來的麻煩，這令我忽然覺得他不像以前那麼討人厭了。

怎知道，就在我充滿歉疚地偷瞄卡利安的瞬間，竟讓我從他身上捕捉到一絲幸災樂禍的笑意。這傢伙根本就是在等著看好戲，看我如何收拾殘局！

感受到我的視線，青年不只完全沒有任何掩飾的意思，幸災樂禍的神情反而變得更加明目張膽，甚至還揶揄道：「妳還記得狼與狗的故事嗎？假若妳再不用用腦袋想東西，這個器官很快便會退化，這可是有實例證明的。」

……前言駁回，他果然還是討厭鬼！

雖然卡利安是個討厭的傢伙，但無可否認地，無論是長相還是身材都非常出色，加上一身深入至骨子裡的傲氣，以及高貴的氣質，眞是又帥又冷傲，頓時把一眾貴族子弟比了下去。

有我這個清秀型的美少年就算了，現在還多了卡利安這個高傲的帥哥，令喬的追求者們一張張臉都扭曲了，恨得牙癢癢卻又拿我們無可奈何。

平心而論，這群青年的相貌也算中上，有些甚至長得頗爲英俊。畢竟有權力財富的男人，總愛娶貌美的女人作妻子，生下來的孩子基本上也醜不到哪裡去。何況這些少爺們哪個不是自小養尊處優，受到家族的悉心培養？這又比起要爲三餐擔憂、受過生活苦難的平民優秀了幾分——當然，我所指的是長相方面。

即使如此，不論是長相還是氣質，他們也萬萬不是我與卡利安的對手。加上這種場合也不能明著找我們麻煩，而且爲了在喬的面前留下充滿風度的好印象，因此這些追求者的眼神雖然恨不得立即把我千刀萬剮，但仍是努力保持著很假的笑容，側身讓開一條路給我們通過。

感受到挽著我手臂的喬緩緩放鬆力道，並爲獲得片刻安靜而愉悅不已。顯然少女從沒少受過這群追求者的滋擾，令我不禁同情心起，語氣也不由得放軟起來，道：「肚子餓了吧？先吃點東西，不然待會就沒時間了。」

身爲領主千金，喬即使再不情願，也必須做好交際應酬的工作，替父親好好款待在場權貴。現在場內賓客還算少，再晚一點，她只能把時間全部投進應酬中，可沒時間再吃東西了。

喬大概認爲剛才我說要用餐的話，只是用來敷衍那群富家子弟，並不是說眞的，然而聽到我接下來這番話後，才眞正明白我的用意。只見少女露出訝異的神情，並逐漸轉變成感動，道：「我果然沒看錯人，維斯特，你眞的很體貼呢！」喬說罷，便嫵媚地向我掩嘴一笑，率先往餐桌走去，留下了目瞪口呆的我愣愣地站在原地。

卡利安舉步經過我身邊時，淡淡說道：「剛把妳比喻爲狗，還眞是太侮辱犬類生物了。原來妳的大腦已經退化得像豬一般的程度，眞是太令人吃驚了。」隨即頭也不回地離開，完全不給我回嘴的機會。

可惡！你才是豬！不對，是瘋掉的狗才對！哼！

因爲實在太生氣了，我完全不顧禮儀，發洩般地以豪邁的姿態，瘋狂橫掃起餐桌上的食物。反正我此刻已經不是那名要保全王室形象、謹言愼行的四公主西維亞，只是個名不見經傳的傭兵少年維斯特。

至於這說好聽是豪邁、說難聽是粗鄙的吃法，是否會引來喬的厭惡，這就更加不是我要考慮的事。老實說，我還眞有點故意的成分，萬一讓喬對我這個假男生付出眞心，那我可就罪該萬死了。趁現在爲時未晚，我必須力挽狂瀾才行！

「呵，小貓咪，誰惹著妳了？心情好像很不好呢！」耳畔突如其來出現的磁性嗓音嚇了我一跳。我慌忙回首，迎面而來的是一張俊美如神祇般的臉龐。

我的臉不爭氣地紅了起來，兩人的距離靠得太近了。我不自在地稍微退後，看到這一次男子並沒有死纏著靠過來，這才鬆了口氣。

看到我的動作，伊里亞德露出了受傷的表情，道：「太過分了！小貓咪面對我的時候總是如此警戒，可是面對多提亞那個討厭的傢伙，卻主動投懷送抱。我要抗議差別待遇！」

「抗議無效。」我反了反白眼道：「那是因爲你的信用太差了好不好！有誰會像你這樣在舞會中散發出如此嚇人的荷爾蒙？」

在責怪別人以前，請先自我檢討一下，謝謝！

伊里亞德俐落地撥了撥一頭鬈曲的長髮，俊朗的臉上是迷人無比的笑容。一時間無論男女，在場所有人都把目光投射在男子身上。「這種魅力是天生的，我也沒有辦法。」

「需不需要我幫忙？如果臉被打腫，我肯定你絕對能獲得清靜，相信沒有哪個女孩子會對一個豬頭感興趣的。」我摩拳擦掌地熱心建議。

「……不用了。」

「喔。」我失望地垂下雙手，「你爲什麼會在這兒？」

最後一次看到他，是在石之崖的時候。雖然達倫老是說團長大人行蹤飄忽，要我別太在意，可是再飄忽，也不可能飄至千里之外的無序之城吧？

若說是追著我過來的也不對，要知道我可是被卡利安扣押著，獲得叛亂組織的營救後卻又捲入魔法陣裡，後來再經由珍珠的魔法傳送至無序之城。整個過程複雜到不行，就連我這個當事人都有種很混亂的感覺。

「我偶爾也會接一下有興趣的任務啦！結果還沒開始工作，便接到男爵大人傳來的消息，說有拿著『創神』團徽的美少年出現，我好奇之下就來了。」

原來如此，通過關卡時，我拿來嚇退那些鬧事者的東西正是「創神」的團徽，雖然我只取出瞬間，但似乎還是被有心人注意到了。這也能夠解釋爲什麼初次見面的喬會對我如此熱情友善，只因「創神」在傭兵的眼中，絕對是讓他們崇拜不已的強大存在。

也不知道伊里亞德是不是故意的，他的出現分散了我的注意力，剛才的小小不快很快便煙消雲散。雙手那狂風掃落葉的粗豪動作也漸漸放緩，回復成正常的速度。「嗯，原來如此。你接了什麼任務？」

能引起團長大人的興趣、讓他親自出手的任務絕對不簡單，我好歹也算是「創神」的一員，雖然當初加入傭兵團是懷著以此作爲掩飾的目的，但我是眞心喜歡這個傭兵團，並以成爲其中一員而自豪。身爲創神的成員，要是能夠幫得上忙，便幫一下吧？

伊里亞德凝視著我好一會兒，就在我納悶不已之際，男子竟不顧此刻華麗莊重的場合，伸出手把我那頭爲了配合貴重禮服而梳得服貼的頭髮揉亂道：「眞是太令我感動了！原來小貓咪如此擔心我！」

我氣鼓鼓地撥開伊里亞德的手，現在愈來愈多人喜歡亂弄我的頭髮了，都是利馬害的！

看到伊里亞德那張誇張無比的感動表情，我抽了抽嘴角，言不由衷地哼了聲，道：「我只是好奇問問，又沒有說要幫忙。」

男子微微一笑，道：「嗯？這是眞心話？」

我愣住了，一時之間不知道該怎麼回答。

見狀，伊里亞德笑得更加高興，道：「放心吧！那個任務的內容妳很快便會知道。若我沒猜錯，舞會結束後，男爵大人便會向妳提出求助了吧？」

咦？

正要追問伊里亞德這番話是什麼意思，卻被一個橫插進來的聲音打斷。「想不到竟會在這兒遇到你。」

ch.8 舞會風波

訝異地回首一看，說話的人是一名英俊的青年，被眾多衣著奢華的貴族子弟眾星拱月地跟隨著。四周的權貴在看到來人後，全都默默地讓出一條道路，並向我投以幸災樂禍的眼神。

似乎因爲喬的關係，我已經成爲會場內的眾矢之的。果然美麗的女人是禍水，尤其是有名氣、有身分的女人。

雖然不知道這個一臉敵意的傢伙到底是什麼身分，竟讓在場權貴不約而同地讓道給他，可是若這名青年沒有相應的背景，那些自尊心比天高的權貴是不會有此舉動的。

「呵……這位是威利子爵。他的背景可不簡單，祖父是親王，母親更是賈斯特男爵的親姊姊。由於身上流有王室血統，加上年幼喪父，因此年紀輕輕便承繼了父親的領地與爵位，眞要說起來，地位比賈斯特男爵更高。而男爵大人也因爲姊姊的情分，對這名外甥諸多照顧，因此在無序之城中，這傢伙的地位絕對不低。雖然他本身只是名沒有本事、只懂以自身地位來作威作福的紈褲子弟。」

身旁的伊里亞德適時出言解惑，只是那看好戲的語氣實在令人不爽。「順道一提，威利子爵正在追求他那位美麗的表妹，這可是無序之城人盡皆知的事。」

是福不是禍，是禍躲不過，人家都走過來向我挑釁了，身為「男子漢」的我自然不能弱了氣勢。舉了舉手上的酒杯，我溫文有禮地向子爵大人頷首。毫不意外地，四周的女士在目擊這優雅無比的風采後，全都向我投以充滿粉紅色氣息的視線。「你好，你是中午在『月桂花』的那一位吧？我們還眞是有緣呢！」

是的，這位威利子爵正是那個欺騙我去觸動結界的青年。我幸災樂禍地掃視了他的同伴一眼，雖然他們全都經過精心打扮，並且以得體的服飾來掩飾，可是我還是沒有看漏那些被燒焦的頭髮，以及皮膚上一道道的灼傷。

顯然我離開藥劑店時的一席話，達到了很不錯的預期效果。

對我鎮定的反應感到意外，威利子爵的氣勢瞬間便被我比了下去。只見青年的貴族風度維持不到兩秒便宣告破滅，英俊的臉上露出陰霾的神情，低喝了聲，道：「無禮！」

子爵大人的責罵一出，站在他身側的胖子忽然甩手，把酒杯裡的紅酒潑往我身上。然而我早就警戒著他們的反應，加上我素來自負的，正是那足以媲美豹族的靈敏與速度，雖然雙方只有兩步之遙，可是早有準備的我又怎會被他的紅酒潑中？以最小的角度、最快的速度偏了偏身子，輕而易舉便避開了迎面而來的酒，不光是姿勢從容漂亮，就連手上的紅酒，也沒有因閃避的動作而從酒杯裡濺出一滴！

如此一來，這群青年侮辱人不成反倒失了風度。察覺到女士們看向我的視線由仰慕變成了崇拜，而敵人的表情則是由陰霾變成怨恨，我無所謂地聳了聳肩，悠然自得地喝了一口紅酒，接著揶揄道：「這位朋友怎麼如此不小心，浪費了好好的一杯美酒。」

潑酒的胖子聞言，一張胖臉瞬間變成了豬肝色，也不知是覺得丟臉，還是氣出來的。

騷動一開始，卡利安很快地便頂著一張臭臉走了過來，反而是身為女主角的喬，以及領主府的主人賈斯特男爵卻不見了蹤影。

伊里亞德緩緩走向那張染上酒紅色的桌巾，神態慵懶地伸出食指輕輕一點，浸濕桌巾的紅酒竟瞬間抽離，於半空中劃過一道漂亮的弧度後，重新回到胖子的酒杯裡。

所有被這位美男子吸引了目光的人瞬間倒抽口氣，全都露出驚駭無比的神情。魔法是權貴們最喜愛的玩意，他們當然看出這個看似輕鬆的小動作，實際上隱藏著可怕的難度。

對魔法師來說，要於空氣中凝聚水元素是相當簡單的事情，然而把桌巾上的水元素抽離，相對而言卻是困難百倍。何況伊里亞德不僅是水分，就連同水中的其他物質——紅酒那部分也一併還原了，一連串動作更是在沒有晶石輔助的狀況下便完成，這更加驚世駭俗了。

一時之間，優雅的舞會會場變成了嘈雜的市集，在場的權貴則成了八卦的三姑六婆，紛紛驚歎於眼前的奇蹟，相互探問這名美男子的身分。

「什麼?他就是『創神』的團長?」

「不可能吧?『創神』的團長不是劍士嗎?從沒聽說過那個人懂魔法啊!」

「天呀!元素抽離!我不是在作夢吧!?」

胖子低頭看著重新回到酒杯裡的紅酒，卻是死也不肯喝下去。關於這點，我倒能夠理解，畢竟這杯酒看似乾淨，實際上卻是剛從桌巾——甚至還有部分是從地板上回來的，要是給我，我也喝不下去。

看到造成騷動的美男子站在我身後，一副要爲我撐腰的模樣，威利子爵的態度不由得軟了下來，轉身裝模作樣地責備身旁的胖子，道：「昆西，你怎麼忽然向舅舅的客人潑起酒來了？」說罷，便向同伴使了一個眼色。

可惜胖子還呆望著酒杯發愣，沒注意到他的示意。一名機伶的富家子弟立即上前接話，道：「子爵大人，請不要責怪昆西，雖然他的舉動的確輕率了點，但也是出於對大人的維護。這傢伙身爲平民，遇上子爵大人竟然沒有行相應的禮儀，雖然子爵大人寬大不計較，可是我們絕不能眼睜睜看著威利大人受委屈而默不作聲。」

威利子爵搖搖頭，以慈悲的語調說道：「算了，你們能指望一個平民懂得多少禮儀呢？這件事我不追究了。維斯特，你此刻向我下跪道歉便作罷吧！」

圍觀的貴族不禁翻了翻白眼，要求人家當場下跪道歉，這還叫作「不追究」嗎？不過，平民向貴族行禮卻是天經地義的事，這次除非是同樣貴族出身的男爵大人出面說情，不然即使伊里亞德再強勢也保不了我。

我搔了搔臉，在眾人訝異的視線下後退兩步，來到卡利安身後，並一手把人推了出去。

這次，我出手的力道很大，加上事前完全沒徵兆，卡利安被我推得踉蹌地前進數步才停下來，並露出要殺我全家的神情，狠狠回頭瞪向身後的我。瘋犬不愧是瘋犬，那凶狠的眼神確是一絕，害我出手後左看右看，就是不敢看他。

幸好被這可怕的眼神怒瞪的時間並沒有太久，因爲偉大的子爵大人已經很不怕死地發言了：「這個一臉剛死了老爸的傢伙是誰？你以爲推別人出來就有用嗎？賤民再多也只是賤民而已，如此卑賤的螻蟻就應該留在泥濘上打滾，並抬頭仰視我們這些高高在上的貴族。」

威利子爵的話充分顯示出對自身血統的自豪，可是這番話未免說得太過了。無序之城的大家族大都是草莽出身，在場人士絕大部分都是他口中的「賤民」與「螻蟻」。看權貴們露出的陰霾眼神，子爵大人這話絕對得罪了不少大人物，可惜洋洋自得的青年此刻並不自知。

感到卡利安的體溫「轟」地一下飆高，瞬間進入爆發狀態，我連忙退後，以免遭池魚之殃。

然而卡利安正要爆發，卻有人比他更快地衝過來道：「你這小兔崽子說話放尊重點！只不過是個小小的子爵便如此囂張？維斯特大人是我們『月桂花』的貴賓，你若不尊重他，就是與我們月桂花的所有藥劑師為敵！」

我愣愣地看著以不遜於年輕人的速度衝上前的荒族長老，心想長老真是好體魄啊！看他聲如洪鐘、速度如風，護犢般的舉動更是令我感動不已。

月桂花藥劑店可說是無序之城中最獨特的存在，裡頭的成員全都是被世人視為低等民族的荒民；然而他們卻頂著藥劑師的光環，無論誰遇上他們，都要畢恭畢敬，深怕惹來對方的不快。

威利子爵在這些藥劑師面前，的確只是「小小的子爵」。藥劑師雖沒有任何背景，可是只要他們發話，像威利這種沒有相對應實力、空有一身高貴身分的子爵，大有人願意前仆後繼地去取他性命，只為了討好這些尊貴的藥劑師大人。

因此荒族長老一發話，本來氣勢凌人的威利子爵，就像隻忽然被擰住脖子的公雞般，前一秒仍在耀武揚威地啼叫著，下一秒卻倏地沒了聲音，表情顯得滑稽無比。

我環視一眼威利子爵身後的富家子弟，不禁爲他們所屬家族感到擔憂。這些所謂的「家族菁英」如此白痴眞的沒問題嗎？一個個都被自家的勢力寵上天了，中午眼睜睜看著我闖入月桂花的禁地卻能從容離去，動腦袋想想就知道我與藥劑師們的關係匪淺，難道他們眞的以爲那只是我運氣好？

無序之城是弱肉強食的地方，這些華而無實的公子哥兒被淘汰掉是必然的。一想到這裡，我就沒有心思與他們計較了，擺擺手，我嘆了口氣道：「這次的事就算了，只要別再招惹我，我便不再追究此事。」

「是。」本來怒氣勃發的荒族長老，聽到我的話後躬身應了聲，隨即後退兩步，便不再作聲。

這次不只是那些莫名其妙得罪藥劑師的紈褲子弟，就連圍觀的權貴們也倒抽口氣，眼珠掉了一地。

族長的態度無疑把我的身價推到了頂點。荒族被人打壓欺凌得多了，脾氣自然又臭又硬，約拿身爲荒族族長、月桂花的最高領導人，卻因爲我簡簡單單的一句話而怒氣全消，那種低姿態的回應哪像是對待店舖的貴客？根本就像是面對自己的主

人嘛！

一些人更是立即聯想到月桂花的憑空崛起，背後絕對有人提供資金支持。投射至我身上的視線頓時變得炙熱，帶有種重新估計的審視，以及一絲討好的意味。

威利子爵等人雖然因背景的強勢而有恃無恐、目中無人，但這次也明白自己踢到鐵板了。我一發話，他們也顧不得丟臉，立即灰溜溜地便想要退去。

「站住！」就在我以爲事件終於平息之際，一把冷傲的嗓音打碎了我的天眞，並提醒我遺忘了一件很重要的事。

我竟然忘了被我踹出去當作擋箭牌的卡利安！

聽到卡利安發話，我便知道這次事情不能善了，這些前來鬧事的青年註定要被羞辱一番了。雖然是我把人推出去的，可是誰教他們別的不罵，卻偏偏要用身分來欺壓卡利安？雖然是頭瘋犬，可人家好歹也是比你高階級的伯爵；而且與沒有實權、空有爵位的威利不同，人家擁有實實在在的軍權，背後還有整個帝多家族，後台可謂硬到不行。加上以卡利安的性格，從來就不是會忍氣吞聲的人，又怎會任由這群青年輕輕鬆鬆地全身而退？

果然，下一秒便傳來卡利安得理不饒人的聲音：「得了便宜，就想這樣子走掉嗎？先向我行禮，再道歉說聲『對不起我錯了，是我狗眼看人低』，接著給我滾出會場！」

我無奈地搖搖頭，心想卡利安還真狠。如此一來，這群傢伙再也無法在無序之城立足了吧？現在只希望這些傢伙夠聰明，即使不順著卡利安的意思辦，但把姿勢放低一點的話，說不定仍有轉圜餘地，反抗只會自取其辱。

然而，我還是高估了威利子爵等人的智慧，別人經一事長一智，他們卻是經一事更白痴。被卡利安那種高高在上的語調一激，語氣立即強硬了起來，道：「即使你們是月桂花的貴賓，但我終究是名貴族，你未免欺人太甚了吧？」

卡利安一臉高傲地仰起頭。他本就長得高，骨子裡更是無時無刻透著高傲，氣勢頓時壓過叫囂著的威利，道：「哼！只懂欺軟怕硬，貴族的臉都被你丟光了！除了這張嘴，你全身就沒有其他地方能硬起來了嗎？」

在旁悠閒地邊喝著紅酒邊看戲的伊里亞德，「噗」地把嘴裡的紅酒噴了出來，隨即無法自制地瘋狂大笑。

至於其他人終究礙著子爵大人的面子，不好當面笑出來，只能憋在肚子裡，臉上的表情介於笑與不笑之間，實在怪異到不行。

「你……你一個卑賤的平民，竟敢如此羞辱貴族……好……好！你以爲只要有藥劑師作後台便了不起嗎？」子爵大人氣得差點說不出話來。這倒不能怪他激動，如此露骨的挑釁，只要是男人必定都受不了。只能說卡利安那張嘴實在太厲害了，絕對是氣死人不償命。

面對威利子爵的威脅無動於衷，卡利安緩緩從口袋裡取出一枚精緻的別針。威武的獅鷲是菲利克斯帝國的國徽，在徽紋底部刻劃了三顆星，代表伯爵的爵位。

像是要故意讓眾人看清楚似地，卡利安的動作很慢，也很仔細。睥睨一切的視線，配合一身冷傲的氣質，整個人實在酷到不行。「威利子爵，我要求你向我行禮，並且爲你先前的無禮道歉，這有什麼不對嗎？」

威利臉色發白，雙唇顫抖著卻說不出話來。我想他此刻必定後悔到腸子裡去了吧？對著手握兵權的伯爵，竟然開口閉口罵對方是「賤民」，還嘲諷卡利安那張招牌臭臉像剛死了老爸（雖然這點我實在是很認同啦！），實在是大快人心……不對！他這舉動簡直就是在找死耶！

忽然「撲通」一聲，臉色蒼白無比的子爵大人毫無預兆地雙膝跪地。就連女神大人也忍不住驚歎：「跪得眞乾脆！我活了那麼久，還是首次看見有人下跪會發出那麼大的聲響呢！」

看著那些憑藉威利子爵撐腰來找我麻煩的青年，在子爵大人領頭下跪後，也嚇得紛紛跪下來，並且一字不漏地將卡利安要求的話說了一遍。我不禁搖頭，心想卡利安倒是沒有罵錯他們，還眞是群欺軟怕硬的小人。

也許卡利安知道現在並不是惹事的時候，取回面子後並沒有再爲難他們，一個「滾」字嚇得這些貴族子弟慌不擇路地一哄而散。不過我想，這次丟臉丟得那麼大，即使卡利安不說，他們也沒臉繼續留在會場了吧？

經過這段小插曲，場內的權貴投往我們身上的視線立即變得不同。從嫉妒、計算、輕蔑，變成了敬畏、諂媚以及審視。一時之間，四周被熱情得不得了的人們圍堵得水洩不通，七嘴八舌地想要結識我們。當然他們也明白此刻的狀況，眞要結識我們是不可能了，但也希望能混個眼熟，好爲將來鋪路。

混亂中，眼角餘光捕捉到旁邊竟留有一片淨土，我立刻衝開人潮走去，映入眼簾的卻是一臉孤僻地站在牆角的荒族族長！

大概是從未於這名老人的身上獲得好臉色，加上這些人早就嘗試過拉攏對方，從而深切了解到這些藥劑師厭惡受到打擾，因此四周的權貴全都很識趣地沒有包圍他。畢竟無法獲得對方青睞便算了，反正其他家族也一樣，彼此也算是站在相同的起跑點；然而，若因為過於熱情而惹來藥劑師的厭惡，那就得不償失了。

在場的都是各據無序之城一方的老狐狸，物極必反這個道理還是懂的。

越過重重困難，我總算來到會場中這片難得的淨土。二話不說，立即學習約拿族長的姿勢，倚牆而立裝高深，並且乾脆閉目養神，以免不小心對上了這群餓狼的視線。

想不到如此一來，我反倒變得更惹人注目。

尤其是會場中那些名為雌性的生物。

「天啊！他真的很俊秀！難怪就連眼界那麼高的喬小姐也會選他作舞伴！」

「倚牆而立的姿勢真是太帥了！」

「他的睫毛好長，皮膚看起來又白又嫩，好想摸摸看喔！」

即使閉上眼，我也能感受到那猶如實質般的餓狼視線。幸好我有先見之明，與荒族族長站得很近，這些女孩們終究還是有所顧忌，一時間倒不至於飛撲過來。

就在我開始為自身的貞節祈禱之際，彷彿為我們解圍般，賈斯特男爵與喬雙雙出現於會場之中。

先是由賈斯特男爵這位男主人作簡單的致詞，接著便是跳舞時間。由於男爵大人自他的夫人過世後，便再也沒有與其他女性共舞，把舞伴的位置永遠留給已過世的夫人，因此開舞的工作便落在我與喬的身上。

女扮男裝的我有點不習慣跳男方的舞步，幸好無數的宴會經驗讓我能快速地掌握竅門。順利跳完第一首舞曲後，我立即以身體不適為由退下，把與美人共舞的權利留給其他早就引頸期盼的年輕公子。

我是因為害怕身分洩露，卡利安則是因為討厭麻煩，於是我們不約而同地，往約拿族長製造的淨土走去。受到荒族族長與卡利安的煞氣加持，就連那些如餓狼般的夫人小姐們，也不敢接近我們五公尺範圍內，我也樂得清閒地作壁上觀。

「維斯特，你有空嗎？」

我疑惑地歪歪頭，迎面而來的是賈斯特男爵與伊里亞德。心裡納悶著這二人一個不去招待客人，另一個則沒有趁機結識美麗的大姊姊，走來找我是要談什麼？

卡利安皺起眉，把手中的餐具交給路過的侍女，道：「我也同行吧？」

賈斯特男爵頷首道：「我們要談的事也不是什麼祕密，伯爵大人若想參與當然歡迎。」

我注意到一旁的老人嘴巴動了動，正要說些什麼。我搶在對方開口前搶著說道：「族長大人我先失陪了，待我有空的時候會再來找大家玩！」

光是看約拿的表情我便知道，這名有情有義的荒族族長，想要以他們藥劑師的身分地位來爲我提供協助，可是我眞的不想連累他們。男爵大人對我們看來友善，但這個男人是誰？他是史上唯一一個能在無序之城中站穩陣腳的領主！此番特地前來邀我長談，也不知道會不會是在打什麼歪主意。我可不希望荒族的生活才開始改善，卻因爲我的關係而出任何意外。

身爲荒族的智者，族長又怎會看不出我的心意？感動地向我行了一禮，老人若有所指地說道：「大人您永遠都是荒族的朋友，我們會期盼著維斯特大人的來臨的。」

接收到族長的警告，男爵大人沒有表露出絲毫不悅，道：「請放心，我只是有些事想拜託這位年輕人，絕無任何歹意。」

接觸到賈斯特誠懇的目光，老人勉強地點點頭，算是相信了男爵的話。

伊里亞德向我們做了個「請」的手勢，我向族長點點頭，便在場中權貴好奇的目光中，跟隨二人往領主府的上層走去。

ch.9 魔獸的詛咒

再次回到那間藏書豐富的書房，賈斯特男爵也不賣關子，單刀直入地詢問道：「兩位是於中午進城的，不知你們有沒有目擊到今早從山脈傳來的異象？」

我與卡利安對望了一眼，心想你還真是問對人了，我們不光是親眼目擊了，而且這異象根本就是我們弄出來的！

卡利安神情不變地頷首：「當然，如此大的火柱，相信所有身處無序之城的人都看到了吧？」

賈斯特男爵嘆了口氣，道：「不瞞兩位，在異象出現後，我便立即派出部下前往山脈察看，結果竟在火柱出現的位置發現到傳說中的魔獸之心！」

我幾乎用盡全身的力氣才控制住想要站起來大聲歡呼的衝動。不久前我還在苦惱著，山脈的範圍那麼大，即使手持引路水晶，單憑我與卡利安區區二人，也不知要何年何月才能找得到這枚傳說中的寶石。想不到賈斯特男爵竟派出部下查探，而且單單只用了一個下午便找出了寶物，真不愧爲無序之城的領主！

卡利安的眼神同樣閃過一絲狂喜，可是他顯然比我考慮得更多，也想得更遠，道：「恭喜男爵大人，你已經把魔獸之心取到手了嗎？」

賈斯特男爵黯然地嘆了口氣，道：「那東西被下了強大的封印，單憑我手下的魔法師，並無法將其取下。雖然這東西是我的人發現的，可是根據無序之城的規則，無主的寶物全憑各人本事取得。雖然我身爲無序之城的領主，可是在眞正拿到這枚寶石以前，也無權阻止其他冒險者對它的覬覦，即使這寶石關乎我親生女兒的性命也一樣！」

最後一句話，男爵大人說得咬牙切齒。事關喬的安危，我相信身爲父親的他是不會拿來開玩笑的，我萬分不解地詢問道：「喬的性命？可我看她健健康康的，不像是生病的樣子啊！」

「不是疾病，是詛咒。」伊里亞德沉重地說道：「我這次前來正是受男爵大人所託，看看有沒有辦法解除喬小姐身上的詛咒，很可惜就連我也無能爲力。」

「咦！竟然連你也沒辦法解除？詛咒的話……也許我們可以從源頭想辦法？這詛咒是由仇家所下的嗎？」事關喬的性命，我努力想著辦法。

「不，這詛咒是與生俱來、跟隨血脈而出現的。」嘴角勾起一個苦澀的微笑，此刻的賈斯特男爵不再是傲視無序之城的領主大人，只是名爲女兒性命擔憂的可憐父親。「那個有關魔獸之心的傳說……是眞的！」

「咦？」

「因爲屠殺了怪物而被國家視爲英雄，那位騎士最終娶得美麗的公主爲妻。然而在魔獸被殺的瞬間，牠卻在騎士身上留下了致命詛咒，起先只是在心臟位置出現一片不起眼的黑色斑點，然而隨著時光流逝，那片陰影所覆蓋的範圍變得愈來愈大，當整個胸口變得漆黑一片時，便是這名拯救公主、並屠殺了怪物的騎士喪命之時。」

想不到傳說還有後續，雖然不知道這與喬有什麼關係，可是我的好奇心已被故事吸引，津津有味地聽著。

「當騎士過世後，公主惶恐地發現他們最小兒子的胸口，竟然也浮現出與父親一模一樣的黑斑，而且隨著年月變得愈來愈大。即使公主是名沒有任何魔力、不懂魔法的普通人，也察覺出不妥。果然，把孩子交給宮廷祭師檢查後，發現孩子身上被下了血脈詛咒。聰慧的公主立即聯想起當年那頭被她丈夫所殺的醜陋怪物，以及那枚一分爲二的奇異魔核。」

「當年騎士從醜陋的魔獸身上，獲得了兩枚美麗的魔獸之心，一枚被騎士鑲嵌成美麗的項鍊，作爲定情信物送予公主；另一枚則是送給收養他、教導他劍術的老師。當公主把詛咒聯想到怪物的身上以後，便立即取下一直掛在脖子上的項鍊，並將之掛在兒子身上。隨即奇蹟便發生了，魔獸之心浮現出一陣溫暖的光芒，孩子胸口的黑色斑點，便在光芒的照射下消逝無蹤。」

「從此以後，每名承繼公主與騎士血脈的後人裡，總會出現一名心臟位置帶有黑斑的孩子，只有魔獸之心才能解除這可怕的詛咒。寶石彷彿代表了怪物對公主痴痴的愛戀，雖然怨恨殺死牠的騎士，卻又不願傷害流有公主血脈的孩子。」

聽到這裡，我終於抓到事情的重點，道：「喬她……是故事中公主與騎士的後人？」

男爵大人嘆了口氣，道：「是的，我妻子的家族正繼承了這遠古詛咒的血脈。經過漫長的歲月，他們早已忘了這詛咒的由來，只誤以爲是一種家族遺傳下來的疾病。可是他們認命，我卻不認命！我花了大半生時間追查，終於被我找到了這黑斑的眞相，可惜仍因爲這詛咒而失去了摯愛的妻子。即使如此，我還是有機會保住我

們的孩子，只要能得到那枚位於山脈深處的魔獸之心，喬的性命便有救了！」

「山脈裡的魔獸之心被設下封印，這封印是由妳母親在重創兩名魔族軍團長後，親手所設，即使是我也無法破解。可是身爲精靈王的女兒，擁有精靈一族血脈的妳卻不受封印影響。要不要接下這任務，妳自行決定吧！」待男爵交代了事情始末後，伊里亞德凝望著心情複雜的我。男子那充滿磁性的聲音，竟莫名其妙地出現在我的腦海中！

令我震驚的同時，卻又不禁納悶起來，怎麼每個人都喜歡用這種傳音的方法與我對話？什麼時候這種可說是神技的精神魔法變得如此不值錢了？

女神大人與珍珠好歹也是神明，她們使用這技巧還算在情理之中，伊里亞德你又來湊什麼熱鬧？

而且，並不是我不想幫忙，而是我的小命此刻也與魔獸之心連成一線。要是無法把這枚寶石交給珍珠與花火塑造新的身體，我也會因違反印記的誓約而死耶！

就在我左右爲難、不知該怎樣回應伊里亞德之際，卡利安已斷然發話道：「我明白你的意思了，男爵大人是希望我們能幫忙取回魔獸之心嗎？請放心，事關喬小姐的性命，我們身為她的朋友，當然會義不容辭。」

我向卡利安投以十二萬分質疑的視線。這傢伙什麼時候變得這麼有情有義了？現在我與他的關係就像連體嬰，我死，他也活不成。這種時候還答應幫忙，絕對有陰謀！

不出所料，那雙隱藏在鏡片後面的祖母綠眼眸，閃現出陰險的邪惡光芒。即使他隱藏得很好，就連賈斯特男爵也察覺不到，可是長期與男子打交道的我，還是感覺到對方正打著過河拆橋的如意算盤。

果然在男爵大人千恩萬謝後，卡利安逮著獨處的機會，小聲向我說出他的計畫道：「把魔核取到手後，立即啓動傳送晶球。別心軟，現在不是同情別人的時候。」

看著卡利安離去的堅毅背影，我眞的很羨慕他可以表現得如此斷然、如此不在乎。

「妳打算怎麼做？聽他的話把寶石奪到手嗎？」女神大人詢問。

「我也不知道，先讓我想想。」

魔獸之心是一分爲二的魔核，理論上兩枚寶石的力量應該是相若的。可是經過漫長的時光，另一枚魔獸之心早已不知失落在世上哪一處，想要尋找也無從下手，因此我們所能依靠的，便只有封印在山脈中的這一枚。

雖然與喬說不上有多深厚的交情，可是我很喜歡這名沒有任何架子的領主千金，可以的話，我眞的很想幫忙。沒有答應男爵大人的請求也罷，既然答允了別人就要做到！我不是卡利安，做不出往同伴背後捅刀的事。

然而我同時捫心自問，犧牲自己來延續他人生命這種事，我做不到。我怕死，也捨不得讓重視我的人傷心難過。

女神大人展現出十足的耐心，並沒有催促，也沒有打擾，就像是包容著徬徨的孩子般，給我一種默默在背後支持著的溫暖感覺。

最終，我還是做出了取捨，道：「我決定了，這枚魔獸之心我會交給男爵大人！」

女神大人沒有說話，可是我知道她在等待我的解釋。

做出決定後，一直不知所措的心情反而瞬間平復了下來。愈是仔細想想，愈是堅定了我把寶石讓給喬的決心。「這世上又不是只有一枚魔獸之心，我們爭什麼？離印記限定的時間還有一年，可是據男爵所說，若是無法解除身上的詛咒，喬是絕對無法安然度過今年秋天的。」

女神大人輕柔地提醒道：「可是經歷了漫長的歲月，誰也不知道另一枚魔獸之心現在身處何方，要尋找它就像大海撈針般困難。一年的時間聽起來很長，可是也未必足夠讓妳找到那枚珍貴的寶石。」

「我又沒說只有我一個人去尋找。」我輕笑了聲，抬頭凝望著天上那散發著柔和光芒的滿月，道：「半年，我會用半年的時間讓父王恢復，然後動用整個菲利克斯帝國的力量，我就不相信找不到一枚如此顯眼的寶石！」

「有志氣！不愧是我所挑選的契約者。」女神大人唯恐天下不亂地笑著，與祂擁有一定心靈連繫的我，感受到真真切切的讚賞與認同。這種無償的信任與支持，令我心裡暖洋洋的，也不禁微笑了起來。

□

由於魔獸之心所引起的異象實在太引人注目，當我們一大清早趕至山脈時，四周早已聚集了不少冒險者與傭兵，而且人數還有增加的趨勢。不得不驚歎無序之城果然是這些職業者的天堂，稍有風吹草動，便立即引來一大群想要發財的人。

身為當事人的喬自然與我們同行，另外還有接下任務的伊里亞德，以及男爵大人派出的一名部下卡朗。這名外表忠勇沉默的男人雖然自稱只是領路的，然而那巡視四周的銳利目光，以及明顯經過千錘百鍊的身手，卻一再說明此人並不簡單。

喬這次並沒有穿回男裝，而是以女裝亮相。只見我們這五人隊伍男的俊逸、女的艷麗，一出現便惹來四周傭兵的注視，而且目光絕對稱不上友善。

不過，我倒是很明白大家的心理，在場的人全都是衝著魔獸之心而來，彼此間可說是敵對關係。面對覬覦著同一件寶物的敵人，這些人當然不會有什麼好臉色。

魔獸之心所引起的異象早已消散無蹤，山脈在普通人眼中與平常無異，可是在我那雙能看見魔法元素的眼眸裡，卻清晰感受到四周的魔法元素凝聚成一個七彩的漩渦，正瘋狂朝同一個方向聚集過去。

看到我停下來一眨也不眨地凝望著漩渦正中心，一旁的卡朗露出訝異的神情，語氣驚訝又敬佩道：「太厲害了！維斯特大人竟然如此輕易便察覺到魔獸之心的所在，要知道我們派出百多名兄弟搜索，也足足花費了大半天的時間，還是因爲我們運氣好，正巧被寶石折射的光芒照射到之故。難怪賈斯特大人特地請求兩位的協助，請一定要救救喬小姐！拜託了！」

卡利安淡淡說道：「既然答應了男爵大人，即使你不說，我們也會盡全力。」

青年一番話說得高傲，卻自有一股令人信服的氣度，瞬間便獲得了卡朗的信任。我暗自撇了撇嘴，心想這傢伙還眞是個笑裡藏刀、陰險狡詐的狠角色。要不是我早就知道他打著過河拆橋的如意算盤，還眞的會以爲他是眞心想要幫助喬。

再想到他背叛父王後，再出賣二王姊以獲得現在的地位，我便心寒地打了個哆嗦。這種人作爲敵人固然可怕，然而身爲同伴，卻更讓人感到恐懼。若不是我們之間有著誓約印記，我還眞不敢與這個人同行，以免睡著的時候莫名其妙地變成冤死鬼。

很快地，我們便來到魔獸之心的所在地，山脈中雖然布滿了聞風而至的傭兵及

冒險者，可是除了男爵一夥人，暫時仍未有其他人察覺到寶石所在。我們在卡朗的帶領下於崖邊俯視下去，果然見到懸崖的一處石縫中，折射出一點鮮艷亮麗、殷紅如血的光芒。寶石所在位置非常隱蔽，也難怪爲數眾多的傭兵一時之間沒有發現。

崖邊早有賈斯特男爵的部下駐守，他們甚至用樹幹在崖邊支起一個供人站立的木架，效率令我驚歎不已。

木架上站著三名魔法師，他們輪流釋放魔力，嘗試安撫那些四處亂竄的元素，可惜效果不大。此刻我憑著卓越的眼力，已經明白所謂的「結界」，正是這個受到魔獸之心所吸引的元素漩渦。也不知道當年母后用了什麼手段，竟把魔獸之心變成吸引魔法元素的磁石，形成如此牢不可破的屏障。

「呃……具體上我應該怎樣消滅這個結界？」我回首詢問身後的伊里亞德。

這個結界看是看得見，也明白促使它運行的原理，可是若說到要把它弄停，沒有任何魔法常識的我卻不知該從何下手。

「很簡單，妳闖進去就行了。」團長大人彈了彈食指，說出了很駭人的話。

「你確定嗎？確定這凶暴的元素漩渦不會把我撕成碎片？」我看著不小心被踢

下山崖的小石子，在進入結界的範圍後，忽然粉碎成粉末，立即勒住伊里亞德的衣領再三確認。

「呵……放心吧小貓咪，妳身上流有『那個人』的血，理論上是可行的。」

理論上？那實際上呢？

彷彿知道我在想什麼，團長笑得沒心沒肺地續道：「不過，實際上卻從未有過實例嘗試，因此後果如何倒是很難說。」

我糾結地皺起眉，此時女神大人發話了：「我倒覺得他是故意嚇唬妳。這個男人是被精靈養大的，應該對精靈族的魔法瞭如指掌。何況妳別看他油腔滑調、看起來很不正經，我看得出他是眞的很疼妳。何況以他與妳母后的關係，又怎會在沒有十足把握的情況下，要妳冒上生命危險呢？」

想想也覺得有理。這個團長雖然經常神龍見首不見尾，但總括來說，還算很可靠。

看到我下定決心一試，最大的受益者——喬，反倒變得猶豫起來。少女藍色的眼眸閃過一絲掙扎，一雙伸出又停下的手，最終還是緊緊抓住我的衣袖，以豁出去

的語調說道：「算了！維斯特你別冒險。」

聽到喬的話，我的內心一片柔軟。這位城主千金正處於花樣年華的年紀，對她來說，生命仍有無數美好的事情等待她去經歷，可是她卻爲了不讓別人涉險，主動放棄獲救的機會。能說出這樣的話，到底需要多善良的心，以及多大的勇氣？

衝著她這份難能可貴的心意，便値得我爲她冒險了。

向喬安撫性地微微一笑，我轉身朝崖底正在指揮同伴爲繩梯加固的卡朗，喊著詢問了聲：「可以了嗎？」

男子向我比了一個ＯＫ的手勢，便領著駐守在魔獸之心旁邊的同伴，沿著繩梯爬上來，把木架的位置留給我們。

「維斯特。」喬拉住我的衣袖，欲言又止的神情讓我知道，她有很重要的事想要對我說。示意卡利安等人先過去，平常滿難纏的伊里亞德這次倒是很乾脆地轉身便走；至於卡利安，則是在離開前狠狠瞪了我一眼，警告我別做多餘的事。

直至崖邊只剩我們二人時，少女竟然道出令我意想不到的話：「這次的事還是算了吧！父親拜託你們的時候我並沒有阻止，是因爲伊里亞德並沒有告訴我要冒這麼大的風險，我無法承受因爲我的緣故而失去妳這個好朋友，整個菲利克斯帝國的國民也無法承受失去您的後果。維斯特……不！西維亞．菲利克斯公主殿下。」

「妳……」深呼吸了一下，我硬是努力壓下拔腿就逃的衝動，澀聲詢問道：「妳是什麼時候發現的？」

「初次見面的時候，我便察覺到殿下是名女扮男裝的少女。現在回想那時殿下疑惑的神情，相信妳也察覺到我的變裝了吧？」

我那時候只是覺得喬這個美少年漂亮得不像話，而且總給我一種陰柔的感覺，結果我識人的眼光竟然還比不上喬！

「等等！若妳早就知道我是女孩子，那怎麼還……」還硬拉我當舞伴，表現出一副很喜歡我的模樣？

喬聳聳肩，這位城主千金實在不像貴族，動作坦率又不拘小節，給我一種很親切的感覺。「有一部分是出於惡作劇的心思想作弄一下您，主要還是想利用維斯特的俊秀，來讓那些討厭的蒼蠅知難而退吧。不過，我也猜不到您可以應付得那麼好，而且背後還有月桂花的藥劑師們撐腰。」

果然，當時我就在想，在我被那些富家子弟找麻煩的時候，最重要的喬怎會不見了蹤影！她絕對是懷著惡作劇的心情，躲在一旁看好戲啊！

我那副恨得牙癢癢的神情弄得喬「噗哧」一笑，道：「那時候我還不知道您是西維亞殿下，只是因爲殿下女扮男裝而留意您而已。後來發現殿下的存在涉及月桂花背後的勢力，我才暗中調查殿下的背景，順著荒族這條線索，連上了正在逃亡的四公主西維亞，如此一來，殿下您的身分也就呼之欲出了。」

「賈斯特男爵他……」

「父親也知道，這件事根本就瞞不了他。不過請殿下放心，因爲父親擁有領主權勢，我們才能如此輕易調查到月桂花與殿下有所牽連。何況得知殿下的身分後，父親便發放了虛假的情報，公告我的舞伴、俊秀的美少年維斯特是個沒落貴族的後裔。我相信沒有人能猜出殿下的眞正身分。」

我愣了愣，道：「爲什麼？」說起來我們只認識兩天而已，喬也許還有可能，但總不至於連男爵大人也無償地願意幫助我這名通緝犯吧？

喬掩嘴一笑道：「殿下您知道嗎？父親可不止一次在我面前讚揚您呢！二、三

殿下的能力雖然也很強，可是卻沒有容人的肚量，喜歡將事情都掌握在自己的掌心中。以她們的性格，絕不能容許無序之城這個不受王權約束的存在。以前她們就曾不遺餘力地抨擊父親，用大義凜然的話語想奪去父親的權力與成果。」

說到這兒，喬的語調明顯激動起來，道：「她們憑什麼！把無序之城這塊燙手山芋賞賜給父親作領地，現在父親做得有聲有色，就想取而代之，世上哪有如此便宜的事？我雖然很少理會政事，但也知道二、三殿下經常惡意中傷父親，亦知道是善良的四殿下護住我們、為我們辯解，這點即使在四殿下遠遷南方以後，也沒有間斷過！因此，父親至今才能安安穩穩地駐守他的領地，而不是被王室下令召回王城裡。」

面對喬的感激視線，我有點赧然地搔搔臉，道：「我也沒有妳說的那麼好，只是看不得王姊她們任意欺壓。何況王姊們空有野心卻沒有足夠的實力，即使眞的讓她們搶到無序之城，恐怕也無法好好控制那些各據一方的大家族，這點父王看得很清楚，我也只是在旁推動一下而已。」

「殿下難道忘了嗎？當年趁著殿下南遷，二、三殿下立即聯同一些貴族向陛下進言，那時候我們眞的被打壓得很狼狽。是殿下您遠從南方寄出一封措辭嚴正的信成了及時雨，讓有所顧忌的兩位殿下不致把事情做得太絕，這恩情我們一直都記掛在心裡。」

聽到這裡，以及面對著喬那眞誠的感激目光，我只能報以同樣眞摯的笑容。自逃亡以來，我就沒少受到以前幫助過的人們的協助。他們都說想要報恩，可是我知道，這是因爲他們善良，世上恩將仇報的人多得是，我很幸運，遇上的全都是値得我結交的朋友。

就像喬，爲了不連累我，寧可放棄這個解除詛咒的機會，這份勇氣與忠誠令我既感動又敬佩。

「請放心吧，雖然並不是百分之百確定安全，可是對於解除封印，我還是有足夠的把握。」隨即我便向喬解釋，只不過特地把話修飾了一番。畢竟有關精靈族的話題比較敏感，而且我不確定伊里亞德想不想讓喬知道他的身分。

聽過我的解釋後，喬總算願意放行，但仍是千叮萬囑著我要小心。那毫不保留的關心，令我的嘴角不禁勾起了一個淡淡的笑意。

ch.10 神祇轉生

當我與喬沿著繩梯來到木造平台上，近距離看去，元素漩渦的威力就更爲驚人了。我小心翼翼地、緩緩伸出……一隻手指。

雙眼能夠清楚看到結界與外間的界線，萬一我的血統無法豁免於結界的傷害，那至少我也只是損失一片指甲，又或是不幸讓指頭流點血而已。

「這樣也行？虧妳想得出來，妳還眞不是普通的怕死耶！」女神大人嘲笑道。

「我怕死又如何？而且我這種行爲叫作『謹愼』！」雖然我的舉動看起來好像很膽小怕事，可是我卻認爲這樣子比較好，趨吉避凶是所有生物的本能，白痴才會一頭往結界衝過去呢！

試驗之下，果然這個亂七八糟、混合了各種元素，卻攻擊力超強的結界，完全沒有在我身上造成一絲一毫的傷害。心頭大喜的我回首向同伴們安撫地笑了笑，便直接大步往封印著魔獸之心的石壁走去。

只是在回首的瞬間，我竟然驚訝地發現……一直站在木架上的伊里亞德不知道什麼時候又不見了！

而且我還很可悲地察覺到，與團長大人長久打交道下來，神出鬼沒的狀況看得太多，現在竟然連驚歎的心情都變得麻木了。

當發現木架上的人由五個變成了四個時，我完全沒有表現出多大的反應。反倒是卡朗等人順著我的視線看去，發現伊里亞德消失無蹤時，全都露出一副見鬼似的滑稽表情。

我心裡暗笑，悠然步進結界中。受到元素漩渦的牽引，魔獸之心的四周全都是飛沙走石的狀態，雖然我不受結界的威力影響，可是繞著寶石打轉的風沙還是大大遮擋了我的視線，讓我不得不小心翼翼地前進，以免一不小心踏空，便往崖底摔下去。

畢竟最近的運氣實在很糟，上次摔落懸崖後竟遇上巨龍，這次摔下去，不知道會遇上什麼驚天動地的事。

幸好整個過程並沒有發生任何意外，順利來到魔獸之心旁的我，首次看清這枚充滿傳奇色彩的魔核的眞正模樣。

第一眼看過去的時候，我整個人呆住了。

魔獸之心不愧爲享譽盛名的寶物，鮮血般的嫣紅流光滿溢，難怪就連層層風沙

也無法遮蔽其奪目的艷光，以致讓卡朗等人發現了它的位置。

殷紅如血的彩光在寶石上流動著，令它看起來如同它的名字般，像顆活著的心臟，目光長期緊盯著它看的話，甚至還會產生出這顆心臟正在跳動的錯覺。

然而，這些都不是令我愣住的原因。這枚寶石的外觀……我熟悉得很，只是那時候並不知道它就是傳說中的魔獸之心。

壓下狂喜的心情，伸手取出陷在崖壁上的寶石。看起來大半都卡在岩壁裡的寶石意外地鬆動，我只稍一用力，沒有多費勁，便輕鬆地把它取到了手裡。

魔獸之心落入我手中的瞬間，懷中的晶球忽然光芒大作，隨即我便被一股無法抗拒的力量包圍。

「珍珠那傢伙，竟然不事先告訴我這個傳送陣是全自動的！」看到腳下閃現著濃郁水氣的傳送陣，我也猜出這晶球的力量自動被魔獸之心激發了。也就是說，只要我成功獲得魔核，晶球便會立即把我傳送回去！

卡利安也被這突如其來的變故弄得措手不及，不過他的反應還真不是蓋的，只慌亂一秒後，便立即反應過來，二話不說朝我所在的位置跑來。

我一直隱忍著不動，一直至卡利安接近，才把手裡的魔獸之心用力往外拋：

「喬，接著！」

寶石在上空劃出一道亮麗的紅色彩光，與其錯身而過的卡利安聞言大驚，轉身就往後抓去。可惜全速奔跑時本就不適合轉身，加上我把時機抓得好，魔核最終仍是在空中與卡利安失之交臂。

一切都發生在電光火石的瞬間，倉促中喬錯過了迎面拋來的魔核，幸好一旁的卡朗眼明手快地將其牢牢接住，敏捷的動作令我喝采了聲，心想賈斯特男爵還眞的有識人之明！

雖然不告而別的分離令我有點遺憾，可是將來總會有再度相見之日。成功把魔獸之心交到喬的手裡，也算是完成了向男爵大人所作的承諾了。

魔法陣的轉移很成功，強光一閃，當反射性閉上眼睛的我再度睜開雙目時，人已身處於珍珠所棲息的湖畔。

然而，我的心情完全無法因爲成功轉移而高興起來，甚至看也不看湖中滿臉期盼的珍珠，滿腦子思考著該如何在暴怒的卡利安出手幹掉我以前，好好讓他冷靜下來聽我解釋。

妄想能讓卡利安冷靜下來的我顯然是太天眞了。這位帝多家族的長子雖然外表風度翩翩，充滿教養以及貴族儀態，可是骨子裡卻是狂暴又易怒，瘋狗之名可不是白叫的。我還來不及說些什麼，拔出佩劍的他便已殺了過來。

此刻我眞的很後悔，出發前卡利安以安全爲由，在男爵大人的兵器庫拿取武器時，實在應該阻止他的！

在懊悔的同時，我也很慶幸自己也順道向男爵討了一把長劍。不然，此刻卡利安忽然拔劍發難，徒手的我倒還眞有性命之憂。

這次畢竟是我理虧在先，面對青年狂暴的攻擊，我也不敢還手，只是不停地閃躲格擋，道：「等一下！卡利安你先聽我說……」

「妳讓我把頭斬下來，我再聽妳說！」卡利安顯然氣瘋了，就是鐵了心要先把我幹掉。

「你們在玩什麼嗎？」珍珠在一旁看得興高采烈。

拜託妳也阻止他一下吧，妳派出去取魔獸之心的使者就快被宰掉了耶！

「哇！你冷靜一點！」

「可惡！妳不是很想死嗎？我現在立刻成全妳！我千方百計、費盡心力想要保全妳，怎知妳竟然如此不愛惜自己。難道妳認爲犧牲自己去拯救別人很偉大嗎!?」

卡利安怒不可遏地咆哮著，然而罵出口的內容卻在不知不覺間變了調。一直以爲卡利安之所以生氣，是因爲我的舉動間接威脅到他的安危，但聽著他因激動而眞情流露的話語，男子的眉宇間竟不是憤怒，而是因爲保護不了我而難過與悔恨，我整個人立即愣掉了。

女神大人總是告訴我，要專心傾聽內心的聲音，不要忽略天賦的敏銳直覺，我深深感受到卡利安這番話是眞心的。那到底代表什麼？這個人不是從小便很討厭我嗎？

內心的疑惑令我流暢的動作遲疑了一瞬間，揮劍的卡利安想要收住劍勢已經來不及，只能把刺向我咽喉的劍尖盡量偏移。雖然攻擊不再致命，可是一番皮肉之苦絕對免不了。

危急關頭，一道水盾阻擋了卡利安的攻擊，卻是珍珠總算出手調解道：「打個商量，我取回魔獸之心後你再殺她，好不好？」

喂！這樣說有點過分喔！

「沒有寶石。」收起手中的長劍，卡利安此刻的表情陰沉得可怕。「這個白痴把它送人了。」

珍珠沒有說話，只是那頭藍色長髮瞬間變成了火紅，狂暴炙熱的氣息令湖水迅速蒸發，形成了很有氣勢的出場效果。

我竟然把花火也氣得醒了過來！

「停！暫停！」

光是一個卡利安已讓我吃不消了，再添一個花火還得了？大叫暫停之餘，我立即慌忙把衣領的鈕釦解開，道：「我的確把到手的魔獸之心交給了喬，可是……」指頭輕輕一拉，一直藏在衣服裡的項鍊頓時暴露在眾人面前。「魔獸之心不是有兩枚嗎？」

兩條銀鍊子，一條串著獸王承傳的信物——時之刻，這個外形像是指環般的小東西，是獸族最重要的聖物。可是此刻無論是卡利安還是花火，所注視的都不是這枚舉足輕重的指環，而是掛在另一條銀鍊子上的鍊墜。

大小不一的碎鑽，眾星拱月地襯托著主調的鮮紅，鍊墜的設計簡單大方，鑲嵌在正中位置的紅寶石，散發出有別於一般寶石的流光，如同流動著的鮮血，給人一種「活著」的奇異感。

卡利安與花火的雙眼，一瞬也不瞬地盯住我脖子上的項鍊。他們都是識貨之人，自然知道這根本就不是什麼紅寶石，而是傳說中的魔獸之心！

雖然相較於在山脈裡發現的，這枚寶石明顯有人工切割打磨的痕跡，然而憑著魔核上流動的特有彩光，他們還是一眼便辨認出，這就是大家一直在找的魔獸之心。

卡利安冷冷地瞪了我一眼，道：「解釋！」

我暗自吁了口氣，雖然看得出對方餘怒未消，可他總算願意給我解釋的機會，這是個好現象。

「這個……其實就是王家代代相傳的寶物。由每一代國王送給最愛的伴侶，然後由他們的長子承繼，再轉送給下一任王后的定情信物。因爲父王與母后只有我一

個女兒，因此就來到我手上了。」

其實仔細一想，父王並不喜歡大王姊她們的母親！兩人婚後，父王一直都沒有把這象徵眞愛的項鍊交給對方……政治聯姻果然大都是可悲的，由別人挑選的伴侶，要有多幸運才會是自己一生的最愛呢？

至於我的母后與父王是在王姊的母親過世後才認識的，自然談不上什麼移情別戀。因此，父王把這代代相傳的定情信物送給母后，之後再傳至我手上，對此我可是心安理得得很。

聽到我的話，花火霍地抬頭，以很驚訝的眼神打量著我。

我奇怪地回望過去，對方卻已再度把視線投往魔核上。

我把銀鍊解下，並將鑲嵌著魔獸之心的項鍊交至花火手裡，轉向身旁的男子解釋道：「那個誇耀自己擁有王族血統、後來被你逼得哭著離開的威利子爵，他的父親有著王族一脈的血統，而喬則是那傢伙的表妹……」

卡利安立即醒悟過來，道：「也就是說，喬的母親是威利子爵父親的姊妹，因此喬母親的家族也擁有王族血統！菲利克斯王族，正是傳說中騎士與公主結合後所生的後人！」

我頷首笑道：「也只有這樣才能解釋，爲什麼應屬於喬母親家族代代相傳的傳家之寶，會落在菲利克斯王室的手中。承繼詛咒的只有一人，漫長的時光裡，擁有王族血脈的人，早已分支成不同貴族。如此說來，威利與喬還是我血脈很薄弱的表兄妹呢！」

緣分還眞是很奇妙的東西。

結果兜兜轉轉，一直尋找的魔獸之心，原來就在我身上。

雙手珍而重之地捧住美麗的魔獸之心，花火的頭髮緩緩變回了屬於湖水的藍，大概是女子眼看沒什麼事情了，便讓靈魂再度陷入沉睡。我不禁吁了口氣，這條小命總算保全下來。

珍珠一奪回身體的主權，臉上的神情立即出現翻天覆地的轉變。雖然容貌一樣，但絕不會讓人認錯她們的身分。

「小傢伙，妳既然完成了我們託付的任務，那麼我也不好太小氣，有什麼想知道的事就儘管問吧！」

機會難得，現在也管不得卡利安在場了，我立即提出：「我想知道有關精靈王的事情。」

珍珠饒有趣味地挑了挑眉，道：「妳不問闇法師的事情嗎？」

我搖搖頭道：「這個不用了，他答應過會親口告訴我。我相信他。」

女子愣了愣，似乎對於我的回答感到很意外，道：「你們人類眞奇怪，自私、傲慢、貪婪，可是卻又同時擁有無私、謙卑、奉獻等優點。這個世上再也找不到比人類更爲複雜矛盾的生物了。」

「是嗎？」我想了想，也覺得珍珠的話有理，不禁樂了道：「也許妳們重生時可以考慮當人類看看？」

「那也是個不錯的主意。」珍珠嫣然一笑。

呃……該不會因爲我剛才的玩笑，以致往後人類中多了兩名轉生的神明吧？

「由於敵對的關係，我們對精靈王的事情也不是太清楚，只知道她與我們一樣，也是轉生的神祇。我們曾見過她的兄弟一面，那是個與她相反的神明。黑暗、渾沌、令人窒息的絕望，即使是同爲神祇的我們，在他的面前也如同初生的嬰孩般弱小。」

我頓時感到百感交集。雖然早有預感，可是確切從魔族軍團長的口中，證實母后是由神明轉生的精靈後，心情仍是感到非常複雜。

「知道她……他們，精靈王以及她的兄弟是由什麼而衍生出來的神祇嗎？」到底是什麼東西，能產生如此強大、卻又截然不同的兩位神明？

「不清楚。只是精靈王與那一位的關係似乎很微妙，雖然是來自於同一位『母親』所誕生的神明，可是精靈王對他……怎麼說呢……雖沒有顯露出敵意，但似乎在忌憚著什麼，言行中處處透露著警戒。」

我思考了一會兒，問：「他與精靈王一樣，也是轉生成精靈族嗎？」

「他沒有轉生。」

「咦？」這樣子也可以嗎？

珍珠睜著一雙空洞的碧藍眸子，裡面浮現出滿滿回憶的光芒，道：「基本上雙生的神祇都會選擇一起轉生，這也是爲了力量的均衡。只有一種狀況例外，就是重生以前其中一方已經開始吞噬另一方的神魂，導致力量過於虛弱的一方只能延後重生的程序。」

我沉默了。

我幾乎已確定那個侵佔父王軀體的強大靈魂，就是珍珠口中那位母后的兄弟。神魂受到吞噬，這會不會就是對方記恨於母后，以致附身在父王體內的主因？

「那位與精靈王雙生的神祇，有沒有什麼弱點？」

珍珠想了想，道：「要說弱點的話，那一位是純粹偏向黑暗的神祇，也許強烈的光明力量能夠爲他帶來傷害吧？東方的盡頭，有一片世上最高的高原，在那兒遍地的金砂是晨曦的結晶，若要說世上最光明的事物，就要數它了。」

「謝謝您的解答。」

東方高原上的金砂！總算被我找到一個有用的線索了，也定下了旅程的下一個目的地。

在興奮的同時，我也爲母后的身分驚訝不已。想不到精靈王竟是轉生的神祇，難怪當時克里斯說母后是離群的精靈了。

如此一來，我不單是人類與精靈的混血兒，同時也是轉生的神明與人類的混血兒嗎？我那與生俱來的靈敏直覺，以及令人驚歎的好眼力，說不定就是承繼了神明一部分的特殊能力。

無論如何，能夠知道一些關於母后的事，我還是很高興的。

「不客氣，精靈王的女兒。」珍珠雲淡風輕地微微一笑。

一直安安靜靜地旁聽著我們對話的卡利安，在聽到珍珠的話以後，猛然把我拉至身後，並拔出了腰間的長劍，滿臉凝重地指向湖中的水妖。

珍珠像個偷吃了糖果的孩子般，發出得逞的吃吃笑聲，道：「兩個小傢伙不用緊張，我沒有對付你們的意思。雖然我們之所以落得今天的處境，完全可以說是拜精靈王所賜，但自古成王敗寇，我也沒資格責怪對方什麼。而且老實說，我還滿佩服這位能夠同時擊破我們二人聯手的對手。」

一直以來，我所知道的魔族，都是殘暴、狡猾、嗜血的代名詞，可是此刻我卻發現，魔族與我從書本中所了解到的有很大的差別。「眞意外，妳不像我所知道的魔族。」

珍珠微微一笑：「嘻嘻，妳這個小傢伙，總是能說出有趣的話語。妳之所以會

有這種感覺，只是因爲妳不認識當年的我們而已。被關了二十年，要是我們還不收收火氣、有所領悟的話，我們這二十年不是活到狗身上去了嗎？當年轉生後獲得強大的軀體，自不免狂妄起來，想要把世上的種族踩在腳下，令他們恐懼於我們的力量，也算是年少輕狂吧？」

的確，二十年的歲月，七千多個日與夜，要說沒有任何改變是不可能的。我很高興眼前這兩位的轉變是往好的那一面，而不是在這二十年當中被仇恨所蠶食，變得更加凶暴殘忍。

「可是您怎會知道我是精靈王的女兒？您的眼睛不是……」不是看不見了嗎？默默將長劍回鞘的卡利安，聞言忍不住皺起眉，道：「是殿下您自己說漏嘴的，妳不是在講解自己與喬的關係時，親口承認自己是菲利克斯王室的人嗎？」

「……」原來如此，我還以爲是這張與母后過於相像的容貌，出賣了我的身分，卻絲毫沒有想過是自己洩露了線索。這時，我才不自覺地冒起汗來。

「放心好了，對你們生不出殺意這點是眞的，可是我們倒楣了這麼久，倒是想在妳身上施一、兩個好玩的詛咒來作弄一下。」

珍珠笑語盈盈的一句話，立即令我的心提了起來。

感覺到我的緊張，這反應顯然取悅了這個喜歡惡作劇的女子。珍珠笑得歡暢得意的樣子，實在讓人恨得牙癢癢的，然而，巨大的實力差距卻令我只能無奈地瞪眼，拿她無可奈何。「開玩笑的。日後我們還有用得著妳的地方，剛才只是開玩笑而已。」

這一點兒也不好笑啦！妳倒是玩得很高興，我卻差點兒被嚇死了！

即使內心暗罵不已，我還是畢恭畢敬地問：「請問還有事情需要我幫忙嗎？」怎樣都好，我現在只想快點擺脫這位充滿危險氣息的美麗水妖。

看到我謙遜的態度，珍珠滿意地笑道：「其實也沒什麼，剛才妳說的話讓我們很心動，這次決定轉生當人類來玩玩。可是我與花火的狀態都不是很好，轉生以後也許會需要好一陣子，才能回復到全盛時期。妳需要做的，只是在此之前，替我們物色一個安身之所。」

說罷也不待我答應，珍珠手裡的魔獸之心光芒大作，頓時把湖水映照得如同一池鮮血。

受不了強光而閉上眼眸的我，腦海裡迴盪著的，是珍珠與花火最後的告別：

「差點忘了實踐先前的承諾。我與花火是出身於遙遠的東方。東方的盡頭有個燃燒著火焰的聖湖，火與水的結合，那就是我們的母親。」

「再見了，精靈王的女兒，後會有期。」

尾聲・下一個目標・東方

夜幕低垂，今天正是滿月之夜。柔和的月光灑遍大地，夜蟲似乎也受到美麗的月光吸引，紛紛於森林裡展現牠們的歌喉，交織成一片動聽的大自然樂章。

森林深處，菲利克斯帝國四公主失蹤的位置上，升起了一道溫暖的火光。火焰四周圍坐著數名年輕男女，自少女失蹤後便一直在此處等待。

不知什麼時候，眾人突然發現一名身材修長的男子，已站立在卡萊爾身旁，自始至終竟然沒有發出任何聲音。

這個名叫諾曼、被西維亞公主猜測是名劍士的男子，真正身分其實是個出色的刺客。若不是他故意讓大家知道他的到來，只怕就算已經接近到了身旁，諾曼也有能耐讓眾人毫無所覺。

接觸到卡萊爾詢問的視線，諾曼搖頭說道：「附近的城鎮很平靜，沒有有關四殿下的消息。」

眾人充滿期盼的目光立即黯淡下來，夏爾的聲音更是帶有哭腔地說道：「小維已經失蹤三天了，怎麼辦？她會不會出了什麼意外？」

早已煩躁不已的利馬，粗魯地抓了抓一頭紅色短髮，令本已亂糟糟的紅髮變得更加亂七八糟，道：「你就少說句話吧！沒看見大家都很擔心嗎？」

「維是個很重視同伴的人，她絕對不會一聲不響地跑掉、讓大家擔心的，必定是發生了一些突發狀況，以致她來不及通知大家行蹤。」多提亞嘆了口氣，以他對少女的了解，即使西維亞不希望被卡萊爾等人知道「維斯特」的真相，也絕不會不辭而別。正因爲如此，就更讓人擔憂了，只希望她千萬不要出事才好。

精靈族少年克里斯則是在救出多提亞後，便不見了蹤影，只有在晚餐時分放一大堆水果在營火旁，讓眾人知道他並沒有離開，只是隱身起來，與大家一起停留在森林裡守候著。

「卡萊爾，我不是對你要報恩的想法有任何意見，但我們也不能無止境地在這兒逗留。阿瑟是什麼人你也很清楚，誰也不能保證他會不會遵守承諾。萬一他不理會卡利安．帝多的死活，領軍追上來呢？要知道那可是大功一件啊！」本就對王族有著不少偏見，奈娜現在只想把自家首領帶離險境。

就女子看來，卡萊爾願意出手幫忙已是仁至義盡了，往後四公主的事，便再也不是他們的責任。爲了在這場王族的爭鬥中保護那些軟弱如綿羊的平民，他們組織可是很忙的，沒有多餘的時間來當一個失勢公主的保姆！

奈娜的語氣不能算是很好，可是卡萊爾並沒有因而生氣，只是泛起一個無奈又包容的笑容，道：「所以我就說大家不要跟著我冒險，只有我留下來就好了。」

青年不說這句話倒還好，一說就連諾曼也動怒了：「我們所承認的領袖只有你一人，難道你認爲領導人不在了，組織能夠完全沒有影響嗎？又或是你覺得自己的位置很兒戲，誰都能取而代之？還是說我們這些部下，只是一些不能共患難、任由自己的首領置身於危險不顧的人？」

看到二人生氣，卡萊爾也知道自己說錯話了，他立即高舉雙手作投降狀，道：「抱歉、抱歉，你們也知道我並不是這個意思。大家說的話我當然明白，只是西維亞殿下不只是查理斯家族的恩人，同時還是我的朋友，這件事我實在無法置之不理。」

聽到卡萊爾這席話，眾人的反應卻有很大的差別。奈娜與諾曼是滿臉的疑惑，心想你與那位公主殿下又不熟，什麼時候成了好朋友？

多提亞等人則是面露苦笑，暗自嘀咕「維斯特」的身分果然瞞不住。回想卡萊爾重遇他們的時候，夏爾與利馬混進組織中，成了營救四殿下的一員，多提亞更是被關押在軍隊裡，要是卡萊爾還猜不到西維亞就是維斯特，那就眞的枉爲統領一個組織的首領了。

只見卡萊爾彷彿看不到大家古怪的表情，自顧自地安慰著奈娜，道：「還是多等幾天吧？說不定下一秒，西維亞殿下會忽然出現在大家面前呢！」

青年的話才剛說罷，面前的營火忽然拔高了足足兩公尺多，淡淡的人影竟現身於火光之中，並逐漸變得清晰。

一個傭兵裝扮的少年從焰火中緩緩步出，看到圍坐在火堆四周的眾人時，露出很意外的表情，愣愣地向眾人揮揮手：「嗨，你們……聚集在這兒做什麼？」

□

我呆呆地看著眼前的眾人，幾乎以爲這一切全是自己的幻覺。不自覺地揮手打了聲招呼，只見多提亞等人本來一臉重逢的喜悅，卻忽然變成了恨不得把我暴打一頓的表情。我嚇得縮了縮身子，暗自猜測著，自己做了什麼天怒人怨的事情嗎？

我的目光掃視周圍一下：並不算熟悉的奈娜與諾曼、卡萊爾、利馬、夏爾、多提亞……還有進入了幽靈模式、身影一閃即逝地向我行了一禮的克里斯！

仔細一想，就明白他們守候在這兒的原因了。我不禁心中一暖，有朋友的感覺眞好！

訝異於叛亂組織的守候，生氣著夏爾與利馬沒有乖乖聽話到南方與妮可會合，欣慰於多提亞的安全脫險……一時之間百感交集，滿腦子想要說的話語，卻卡在嘴邊，不知道該先說什麼才好。

多提亞走到我面前，伸手輕撫我那頭僞裝成棕色的短髮，道：「平安就好。」

溫柔又熟悉的動作令我不由得放鬆起來。抬頭向青年露出燦爛、卻又帶點歉意的笑容，道：「我回來了！抱歉讓大家擔心了。」

「咦！你是那個四公主!?」總算醒悟出我是誰的奈娜驚叫了聲，無法置信地上下打量著我的男性裝扮。

見狀，我不禁莞爾一笑，向女子禮貌地點了點頭。

「卡利安．帝多呢？」總算恢復冷靜後，奈娜的態度也隨即惡劣起來。這個手持重劍、有著一頭極短紅髮的姑娘，似乎一點兒也不喜歡我，正確來說，她討厭的是所有王室成員。

我想選擇對抗國家、進入組織的人，都有著他們各自的故事吧？無故被人敵視的感覺讓我很不舒服，也許應該找個機會問問卡萊爾。畢竟我有預感，與他們的交集將會變得愈來愈多。

「卡利安從另一條通道直接回王城了，畢竟這是我之前答應過他的。」對方的語氣不好，我的態度也相對冷淡。卡萊爾看了看我，再看了看奈娜，隨即露出無奈的苦笑，神情竟活像夾在不和婆媳之間、左右難做人的可憐蟲，害我忍不住勾起嘴角，表情再也冷不下去。

身爲魔法學徒的夏爾，卻是興致勃勃地圍著依舊高高升起的火焰通道團團轉，道：「眞神奇！這些火焰竟然能夠連接兩個不同的空間。只是它不會消失嗎？就任由它這樣子燃燒著？」

被少年一言驚醒，我立即匆匆忙忙地轉身跑回火焰裡。隨即在眾人見鬼的目光中，手抱著兩名小嬰兒的我，重新現身在火焰中。

這一次，我才剛步出火光範圍，火柱便立即縮小，變回普通的營火。

利馬反應最快，一手指著我驚歎道：「佩服！小維妳只是失蹤了三天，竟然連孩子也生了！」

我嘴角一抽，三天能生什麼孩子？這個假設在生物學上根本就不成立吧？

垂首看了看這雙在臂彎中睡得香甜、漂亮無比的雙胞胎，我也很感到很無奈啊！

天知道珍珠與花火轉生以後，爲什麼會變得這麼小！

而且，她們還眞的像先前所說，選擇以人類之子重生。可以預想不出十年，人類將會出現兩名強得像鬼的小怪物！

對於這兩名未來的絕世強者，我並沒有把她們抱回王城的打算，只希望找一對沒有兒女、卻很喜歡孩子的夫婦養育她們。有時候平凡也是一種幸福，而且我相信，這兩位叱吒風雲的魔族軍團長，會很喜歡這種從未體驗過的小小溫馨。

這兩個孩子的未來已經開始令我期待了起來。魔族陰險殘酷，精靈公正平和，

獸族忠誠勇敢，龍族高傲貪婪；只有人類，這個多變的種族，似乎包含了所有種族的特質，因此才有著無限的可能性。

令人無法預測，這才是最有趣的事。

從珍珠口中獲得不少重要的情報，接下來的日子將有得忙了。把目光投至卡萊爾身上，我的眼珠機伶地一轉，開始打起叛亂組織的主意。

正所謂人多好辦事，對於從未涉足東方的我來說，能獲得發源地正是東方盡頭的查理斯家族的幫忙非常重要，加上卡萊爾又很好說話，這件事也只能拜託他了。

不過這麼一來，奈娜與諾曼大概會更討厭我吧？

想到這兒，我不懷好意、卻又帶點期待地笑了。

《傭兵公主》卷三完

後記

很高興在第三集與大家見面，謝謝購買《傭兵公主》的各位朋友！

在寫這篇後記時正值初十，趁著農曆新年還沒結束，正好在此向大家拜年～恭喜發財！祝大家身體健康！萬事如意！龍馬精神！財源廣進！心想事成！大吉大利!!

各位新年的紅包收獲豐盛嗎？（XD）我還是今年才在與同事們的閒聊中得知原來壓歲錢與派利（意指發紅包，此處指的是香港等地特有的習俗，長輩於過年期間，發紅包給未婚的晚輩）是不同的東西!?在2X年的人生中，我一直以爲這兩個東西是同樣的，因此那麼多年以來我從沒收過壓歲錢耶！

在晴天霹靂地得知眞相以後，回家便立即要求媽媽年29要給我壓歲錢。當然媽媽起初是拒絕的（因爲家裡一直也沒有發壓歲錢的傳統），後來受不了我不屈不撓的糾纏後，她最終屈服了。

於是我今年終於收到了人生的頭兩包壓歲錢！革命成功！感動!!

一直誤以爲壓歲錢就是派利的各位（話說有人與我一樣嗎？），快點在下一個新年爭取回來吧！不過千萬別告訴媽媽是我說的XD

《傭兵公主》共六卷，第三集已踏入故事的中段。在這集中，小維沒有與同伴們一起行動，取而代之陪同她的卻是老對手卡利安。隨後兩人更遇上過去曾經是人類最大的仇敵——魔族，而且是大名鼎鼎的魔族軍團長！

這就是典型的禍不單行啊！哎……西維亞眞是個可憐的孩子。

大家還記得第二集登場的獸族嗎？綜合大家在部落格的留言後，我發現最受歡迎的是豹族的斑森。黑豹比獸王柏納還要受歡迎耶～這讓我有點小意外，果然彆扭的孩子特別受人疼嗎？（笑～）

《傭兵公主》是我第一本挑戰第一人稱寫法的小說，原來這種寫法眞的好難喔！總是無法把角色們的想法好好地表達出來（畢竟小維只是有超直覺而已，並沒有心靈感應），也怕主角的感想太多，會給大家帶來公主在碎碎唸的感覺……

現在的我仍在努力學習掌握用第一人稱來表達角色情緒的技巧，歡迎大家告訴我有關小說的任何感想喔！

前兩天開了一個臉書專頁「香草遊樂園」，在痞客幫的部落格上設有連結，大家有空便上來坐坐吧！我等待著各位的到來～

再次感謝大家購買了這本小說，希望在第四集也能繼續與各位見面！

香草

【下集預告】

傭兵公主 vol.4

經歷了一波三折的旅程，西維亞終與分離的忠心侍女妮可再會，卻附帶了一條甩不掉的尾巴──神祕金髮青年凱特。

回到曾屬於自己的封地，卻發現桃花依舊、人事全非。
新領主不單嚴刑重稅，更招惹到居住在礦洞裡的高等魔獸。
面臨著魔獸的強力威脅，西維亞又該如何保全城鎮、力挽狂瀾呢？

～～精彩萬分的第四集．預計5月登場～～

國家圖書館出版品預行編目資料

傭兵公主.卷三 / 香草 著.
——初版. ——台北市：魔豆文化，2012.04
冊；公分.
ISBN 978-986-87140-8-3（平裝）

857.7 100022623

FS021

vol.3

作者 / 香草
插畫 / 天藍　　封面設計 / 克里斯
出版社 / 魔豆文化有限公司
　地址◎ 台北市103赤峰街41巷7號1樓
　電話◎（02）25585438　傳真◎（02）25585439
　部落格◎ gaeabooks.pixnet.net/blog
　臉書◎ www.facebook.com/Gaeabooks
　電子信箱◎ gaea@gaeabooks.com.tw
　投稿信箱◎ editor@gaeabooks.com.tw
　郵撥帳號◎ 19769541　戶名：蓋亞文化有限公司
發行 / 蓋亞文化有限公司
法律顧問 / 宇達經貿法律事務所
總經銷 / 聯合發行股份有限公司
　地址◎ 新北市新店區寶橋路二三五巷六弄六號二樓
　電話◎（02）29178022　傳真◎（02）29156275
港澳地區 / 一代匯集
　地址◎ 九龍旺角塘尾道64號龍駒企業大廈10樓B&D室
　電話◎（852）2783-8102　傳真◎（852）2396-0050
初版六刷 / 2016年12月
定價 / 新台幣 180 元
Printed in Taiwan

ISBN / 978-986-87140-8-3

FS021

魔豆文化　讀者迴響

感謝您在茫茫書海中選擇了魔豆，您的支持是我們最大的動力。
不要缺席喔，讓我們一起乘著夢想的羽翼，穿越時空遨遊天地！

姓名：	性別：□男□女	出生日期：　年　月　日
聯絡電話：	手機：	
學歷：□小學□國中□高中□大學□研究所	職業：	
E-mail：		（請正確填寫）
通訊地址：□□□		
本書購自：　縣市　書店		
何處得知本書消息：□逛書店□親友推薦□DM廣告□網路□雜誌報導		
是否購買過魔豆其他書籍：□是，書名：		□否，首次購買
購買本書的動機是：□封面很吸引人□書名取得很讚□喜歡作者□價格便宜□其他		
是否參加過魔豆所舉辦的活動： □有，參加過　場　□無，因爲		
喜歡出版社製作什麼樣的贈品： □書卡□文具用品□衣服□作者簽名□海報□無所謂□其他：		
您對本書的意見： ◎內容／□滿意□尚可□待改進　◎編輯／□滿意□尚可□待改進 ◎封面設計／□滿意□尚可□待改進　◎定價／□滿意□尚可□待改進		
推薦好友，讓他們一起分享出版訊息，享有購書優惠 1.姓名：　e-mail： 2.姓名：　e-mail：		
其他建議：		

◎請沿虛線剪開、對摺、裝訂後寄出

◎請沿虛線剪開、對摺、裝訂後寄出

廣告回信 郵資免付
台北郵局登記證
台北廣字第675號

魔豆文化有限公司　收

103 台北市赤峰街41巷7號1樓

魔豆

魔豆